BAR de La PO
GODIVA

LA BD ADAPTÉE DU FILM DE **DANY BOON**

RIEN À DÉCLARER

ADAPTATION DU SCÉNARIO
PIERRE VEYS

STORYBOARD
TURALO

DESSIN
GEOFFROY RUDOWSKI

COULEUR
SOPHIE DUMAS

DELCOURT

Merci à Philippe Larbier pour l'aimable prêt de sa police de caractères.
Les auteurs

À ma femme et mes fils que j'aime, pour le temps que je n'ai pas passé avec vous.
G. R.

À mes parents, franco-belges. Et belgo-français !
P. V.

De Turalo, chez le même éditeur :
- *Les Blagues belges* (quatre volumes) - scénario de Pluk, avec Larbier
- *Henri Dès, chansons en BD* - collectif

Aux Éditions Drugstore :
- *Les Catcheurs de l'extrême* (deux volumes)
- *J'aime les années 70* (trois volumes)
- *J'aime les années 80* (trois volumes)

De Rudowski, aux Éditions Bamboo :
- *Wesh Wesh Crew* (deux volumes)

Aux Éditions Soleil :
- *Ze world selon Jean-Claude* (deux volumes) - coscénario de Disco
- *Le Guide de survie de la grippe A* - avec Gruik

Aux Éditions Vent d'Ouest :
- *Tom* (deux volumes) - scénario de Jim

De Veys, chez le même éditeur :
- *Adamson* (trois volumes) - dessin de Puerta
- *Baker Street* (cinq volumes) - dessin de Barral
- *Bienvenue chez les Ch'tis* - avec Dany Boon, dessin de Coicault
- *Harry Cover* (quatre volumes) - dessin de Baka et d'Esdras
- *Harry & Compagnie* (deux volumes) - dessin de Lopez
- *Hercule Potiron* (deux volumes) - dessin de Caracuzzo
- *Le Maître-Détective* (un volume) - dessin de Weissengel
- *L'Essayeur des Anneaux* (collectif) - dessin de Critone

Aux Éditions Dargaud :
- *Achille Talon dans la roue des Bouygues Telecom* - dessin de Moski
- *Achille Talon* (tomes 47 et 48) - dessin de Moski
- *Les Avatars* (trois volumes) - dessin de Bazile
- *Les Aventures de Philip et Francis* (un volume) - dessin de Barral
- *Igor et les Monstres* (trois volumes) - dessin de Duchazeau

Aux Éditions Dupuis :
- *Sabotage en Haute Mer*- coscénario de Lapière, dessin de Sikorski

Aux Éditions Le Lombard :
- *Les Space Mounties* (trois volumes) - dessin de Guilhem

Aux Éditions Soleil :
- *Arthur et Merlin* (deux volumes) - dessin de Bazile

Le site Internet de Rudowski :
www.rudowski.fr

RIEN À DÉCLARER®

Dépôt légal : janvier 2011. I.S.B.N. : 978-2-7560-2619-0
Première édition

Conception graphique : Trait pour Trait

Imprimé et relié en décembre 2010
sur les presses de l'imprimerie Pollina, à Luçon, France - L22682

www.editions-delcourt.fr

PRINTEMPS 1986...
LE SOIR
Mardi 17 Mai 1986
Adieu la douane
Les ministres de la Communauté Européene signent la fin des
HEIN ?!
RUBEN ! RUBEN ! RUBEEEEEEN !
DOUANE
CHICORÉE LEROUX
?
?
?
?
JE SUIS OCCUPÉ, LÀ, VANUXEM.
BRASSERIE
FF... FF...
?!
C'EST FOUTU, REGARDE, C'EST SIGNÉ ! DANS SEPT ANS, TOUT EST FINI.
NOOOOOOOOOOOOOONN

SEPT ANS PLUS TARD...
ZZZ
TÛT TÛT TÛT
LES MAINS EN L'AIR, ESPÈCE DE PETIT FUMIER DE DOUANIER !
AAAAAH !
FOUS-TOI PAR TERRE, ORDURE !
NE TIREZ PAS !
FREEEEZE ! FREEEEEEEZE !
R... RUBEN ?!
TU DORMAIS PENDANT LE SERVICE, ESPÈCE DE GROSSE FEIGNASSE !
NON, JE DORMAIS PAS... JE RÉFLÉCHISSAIS PROFONDÉMENT.
TU DORMAIS, VANUXEM ! TU M'OBLIGES À FAIRE UN RAPPORT À WILLEMS.

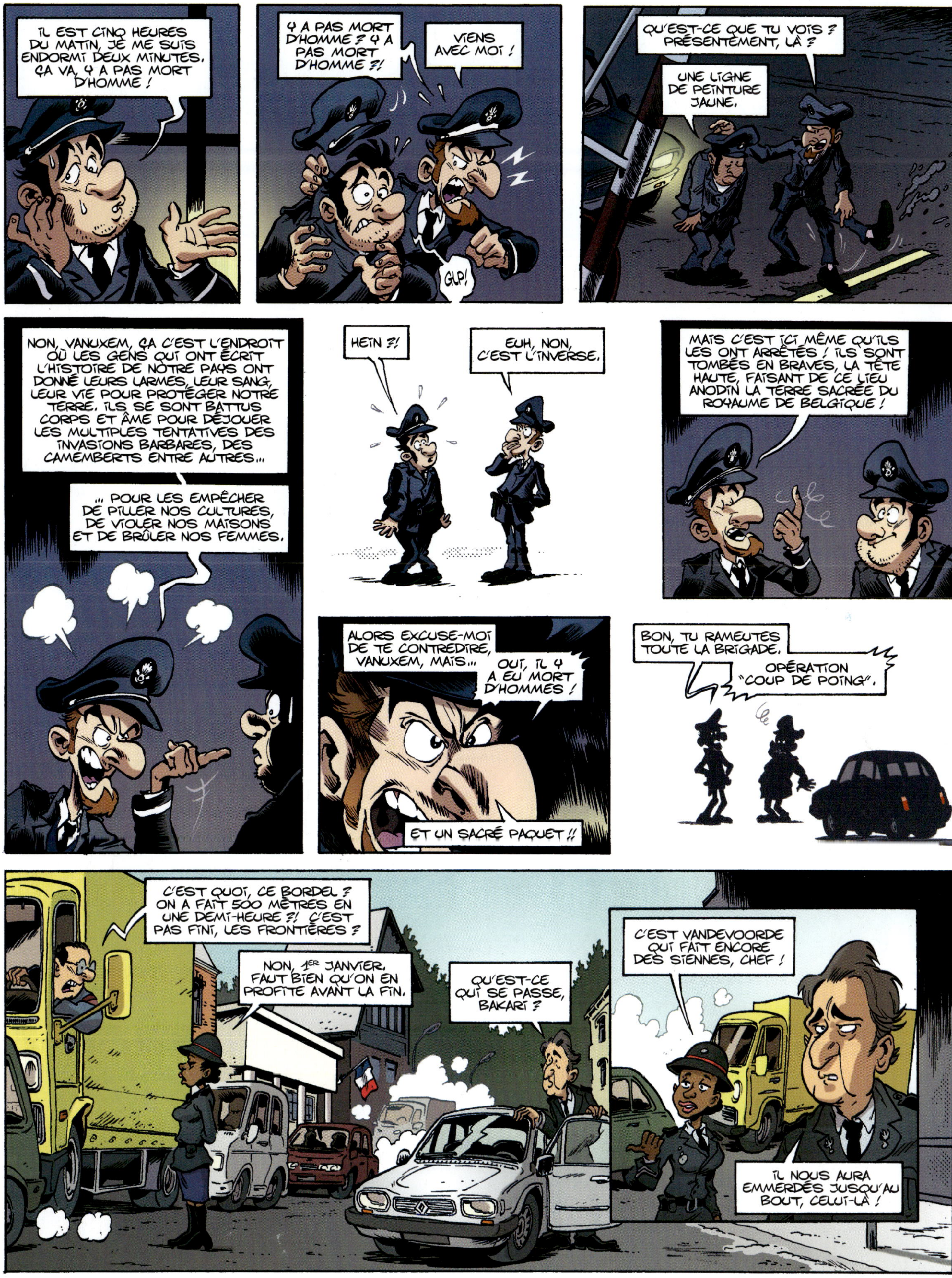

IL EST CINQ HEURES DU MATIN, JE ME SUIS ENDORMI DEUX MINUTES. ÇA VA, Y A PAS MORT D'HOMME !
Y A PAS MORT D'HOMME ?! Y A PAS MORT D'HOMME ?!
VIENS AVEC MOI !
GLP!
QU'EST-CE QUE TU VOIS ? PRÉSENTEMENT, LÀ ?
UNE LIGNE DE PEINTURE JAUNE.
NON, VANUXEM, ÇA C'EST L'ENDROIT OÙ LES GENS QUI ONT ÉCRIT L'HISTOIRE DE NOTRE PAYS ONT DONNÉ LEURS LARMES, LEUR SANG, LEUR VIE POUR PROTÉGER NOTRE TERRE. ILS SE SONT BATTUS CORPS ET ÂME POUR DÉJOUER LES MULTIPLES TENTATIVES DES INVASIONS BARBARES, DES CAMEMBERTS ENTRE AUTRES...
... POUR LES EMPÊCHER DE PILLER NOS CULTURES, DE VIOLER NOS MAISONS ET DE BRÛLER NOS FEMMES.
HEIN ?!
EUH, NON, C'EST L'INVERSE.
MAIS C'EST ICI MÊME QU'ILS LES ONT ARRÊTÉS ! ILS SONT TOMBÉS EN BRAVES, LA TÊTE HAUTE, FAISANT DE CE LIEU ANODIN LA TERRE SACRÉE DU ROYAUME DE BELGIQUE !
ALORS EXCUSE-MOI DE TE CONTREDIRE, VANUXEM, MAIS...
OUI, IL Y A EU MORT D'HOMMES !
ET UN SACRÉ PAQUET !!
BON, TU RAMEUTES TOUTE LA BRIGADE.
OPÉRATION "COUP DE POING".
C'EST QUOI, CE BORDEL ? ON A FAIT 500 MÈTRES EN UNE DEMI-HEURE ?! C'EST PAS FINI, LES FRONTIÈRES ?
NON, 1ER JANVIER. FAUT BIEN QU'ON EN PROFITE AVANT LA FIN.
QU'EST-CE QUI SE PASSE, BAKARI ?
C'EST VANDEVOORDE QUI FAIT ENCORE DES SIENNES, CHEF !
IL NOUS AURA EMMERDÉS JUSQU'AU BOUT, CELUI-LÀ !

PENDANT CE TEMPS, EN PLEINE RÉUNION SYNDICALE...
ALLEZ, LES GARS ! CE COUP-CI ON FAIT UNE GRÈVE MASSIVE ! QUI EST POUR ?
MASSIVE ?! À QUATRE DOUANIERS ?! EUH, D'ACCORD POUR MOI.
OUAIS, MOI AUSSI. JE... JE FINIS D'INSTALLER ÇA POUR LE CHEF ET JE FAIS GRÈVE.
DUCATEL !
J'ARRIVE, CHEF !
ALLEZ TOUT DE SUITE CHEZ LES BELGES DIRE À VANDEVOORDE DE SE CALMER, SINON J'APPELLE WILLEMS.
HEIN ?! OH NON, CHEF, S'IL VOUS PLAÎT, PAS VANDEVOORDE...
C'EST UN ORDRE, DUCATEL !
GODIVA
JUPILER
MON AMOUR... ÇA VA ?
?
NE SERAIT-CE PAS NOTRE ANNIVERSAIRE DE RENCONTRE AUJOURD'HUI ?
C'EST VRAIMENT POUR ÇA QUE TU ES LÀ ?
EN FAIT, JE DOIS ALLER DIRE À TON FRÈRE DE SE DÉTENDRE, C'EST À CAUSE DE LUI, CET EMBOUTEILLAGE MONSTRE.
SOIS GENTIL AVEC LUI, NE LE PROVOQUE PAS.
BEN ALLONS-Y ENSEMBLE, MAIN DANS LA MAIN, COMME ÇA IL NOUS DESCENDRA TOUS LES DEUX !

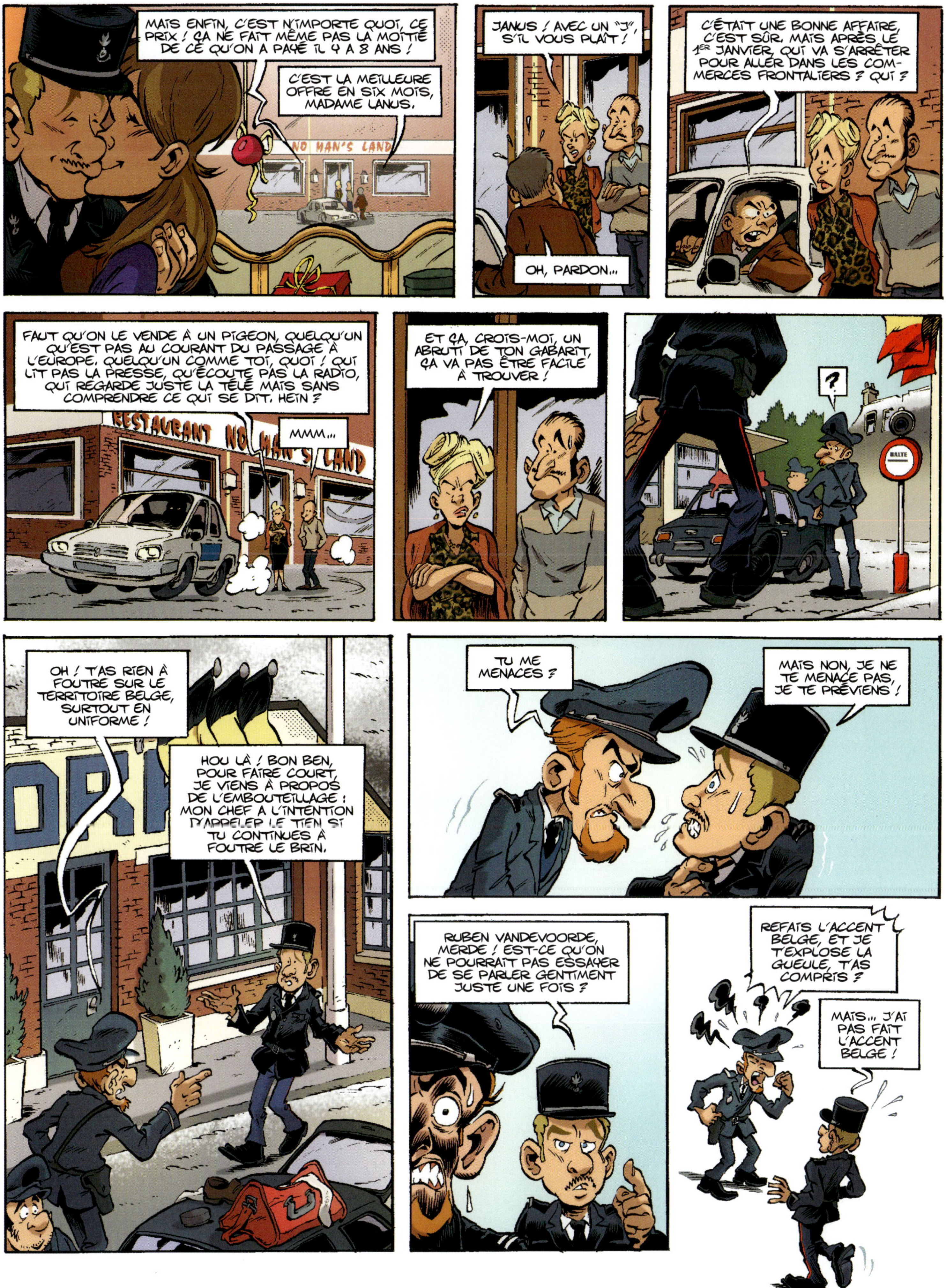
MAIS ENFIN, C'EST N'IMPORTE QUOI, CE PRIX ! ÇA NE FAIT MÊME PAS LA MOITIÉ DE CE QU'ON A PAYÉ IL Y A 8 ANS !
C'EST LA MEILLEURE OFFRE EN SIX MOIS, MADAME LANUS.
NO MAN'S LAND
JANUS ! AVEC UN "J", S'IL VOUS PLAÎT !
OH, PARDON...
C'ÉTAIT UNE BONNE AFFAIRE, C'EST SÛR. MAIS APRÈS LE 1ER JANVIER, QUI VA S'ARRÊTER POUR ALLER DANS LES COMMERCES FRONTALIERS ? QUI ?
FAUT QU'ON LE VENDE À UN PIGEON, QUELQU'UN QU'EST PAS AU COURANT DU PASSAGE À L'EUROPE. QUELQU'UN COMME TOI, QUOI ! QUI LIT PAS LA PRESSE, QU'ÉCOUTE PAS LA RADIO, QUI REGARDE JUSTE LA TÉLÉ MAIS SANS COMPRENDRE CE QUI SE DIT. HEIN ?
RESTAURANT NO MAN'S LAND
MMM...
ET ÇA, CROIS-MOI, UN ABRUTI DE TON GABARIT, ÇA VA PAS ÊTRE FACILE À TROUVER !
?
HALTE
OH ! T'AS RIEN À FOUTRE SUR LE TERRITOIRE BELGE, SURTOUT EN UNIFORME !
HOU LÀ ! BON BEN, POUR FAIRE COURT, JE VIENS À PROPOS DE L'EMBOUTEILLAGE : MON CHEF A L'INTENTION D'APPELER LE TIEN SI TU CONTINUES À FOUTRE LE BRIN.
TU ME MENACES ?
MAIS NON, JE NE TE MENACE PAS, JE TE PRÉVIENS !
RUBEN VANDEVOORDE, MERDE ! EST-CE QU'ON NE POURRAIT PAS ESSAYER DE SE PARLER GENTIMENT JUSTE UNE FOIS ?
REFAIS L'ACCENT BELGE, ET JE T'EXPLOSE LA GUEULE, T'AS COMPRIS ?
MAIS... J'AI PAS FAIT L'ACCENT BELGE !

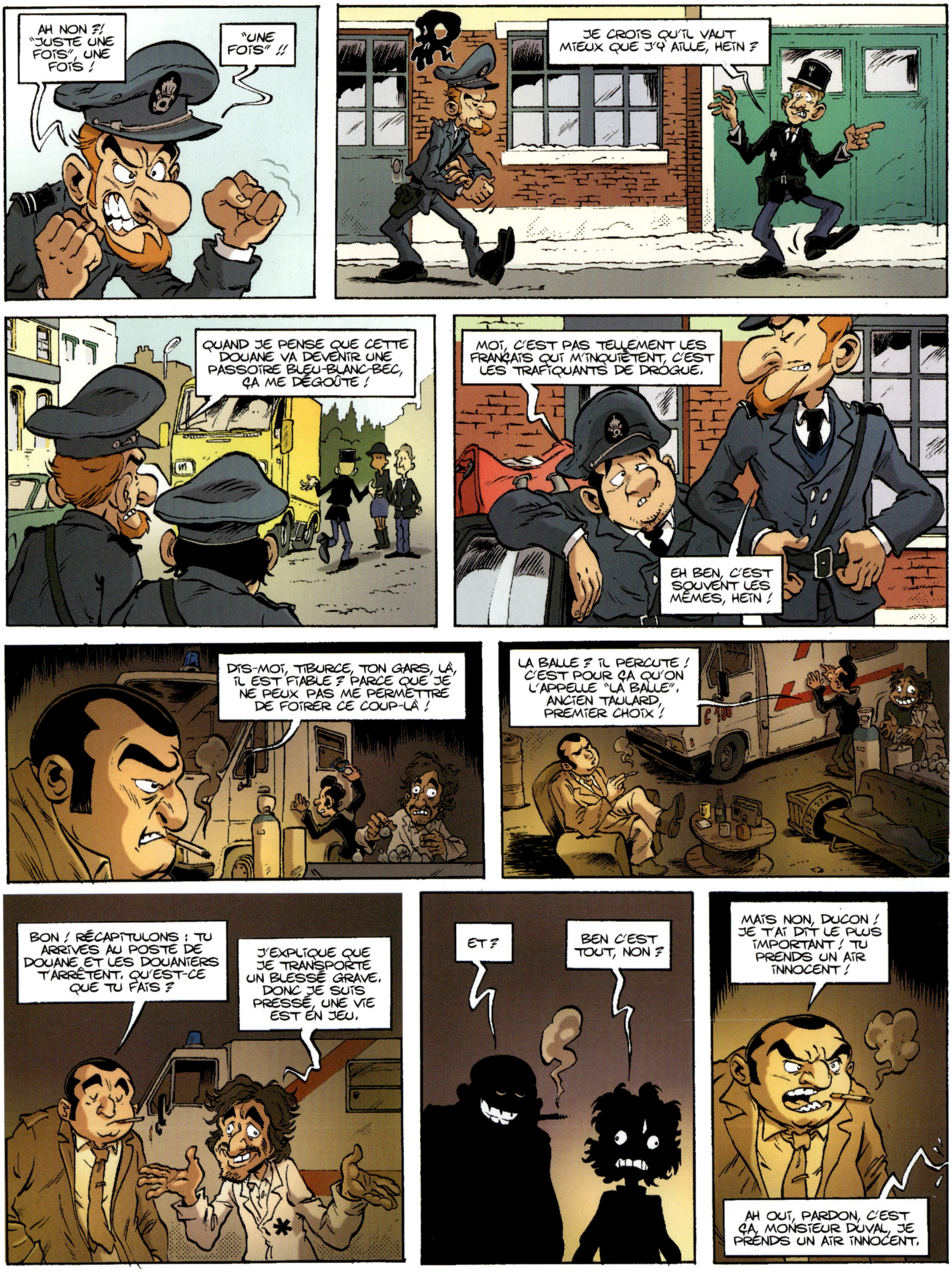
AH NON ?! "JUSTE UNE FOIS", UNE FOIS !
"UNE FOIS" !!
JE CROIS QU'IL VAUT MIEUX QUE J'Y AILLE, HEIN ?
QUAND JE PENSE QUE CETTE DOUANE VA DEVENIR UNE PASSOIRE BLEU-BLANC-BEC, ÇA ME DÉGOÛTE !
MOI, C'EST PAS TELLEMENT LES FRANÇAIS QUI M'INQUIÈTENT, C'EST LES TRAFIQUANTS DE DROGUE.
EH BEN, C'EST SOUVENT LES MÊMES, HEIN !
DIS-MOI, TIBURCE, TON GARS, LÀ, IL EST FIABLE ? PARCE QUE JE NE PEUX PAS ME PERMETTRE DE FOIRER CE COUP-LÀ !
LA BALLE ? IL PERCUTE ! C'EST POUR ÇA QU'ON L'APPELLE "LA BALLE". ANCIEN TAULARD, PREMIER CHOIX !
BON ! RÉCAPITULONS : TU ARRIVES AU POSTE DE DOUANE ET LES DOUANIERS T'ARRÊTENT. QU'EST-CE QUE TU FAIS ?
J'EXPLIQUE QUE JE TRANSPORTE UN BLESSÉ GRAVE. DONC JE SUIS PRESSÉ, UNE VIE EST EN JEU.
ET ?
BEN C'EST TOUT, NON ?
MAIS NON, DUCON ! JE T'AI DIT LE PLUS IMPORTANT ! TU PRENDS UN AIR INNOCENT !
AH OUI, PARDON, C'EST ÇA, MONSIEUR DUVAL, JE PRENDS UN AIR INNOCENT.

VAS-Y. FAIS-MOI UNE TÊTE D'INNOCENT.
BEN EUH... VOILÀ !
T'AS PAS L'AIR INNOCENT, LÀ ! T'AS L'AIR COMPLÈTEMENT DÉBILE !
PARDON, MONSIEUR DUVAL. JE SAIS PAS COMMENT ON FAIT UNE TÊTE D'INNOCENT. DEPUIS TOUT PETIT, JE SUIS COUPABLE.
BON, IL FAUT QUE TU SOIS À LA FOIS COOL... MAIS TENDU !
MAIS...
QU'EST-CE QUE TU ME FAIS, TOI ? IL EST OÙ LE "U" DE "AMBULANCE", TÊTE DE NOEUD ?!
Y A UN "U" DANS "AMBLANCE" ?
AMBLA CE
QUE... QUOI ? ATTENDS. RE... REDIS VOIR ?
AMBLANCE ! UNE AMBLANCE, QUOI. TUDUDUT ! TUDUDUT !... AMBLANCE ! C'EST ÇA QU'EST-CE QUI FAUT QUE J'FAIS, NON ?
"C'EST ÇA QU'EST-CE QUI FAUT QUE J'FAIS"...
LÀ ! LE "U" !
AMBL
TU PERCUTES, "LA BALLE" ? RAJOUTE-MOI LE "U" DE "AMBULANCE", PUTAIN !
BLANG
BLANG
BLANG

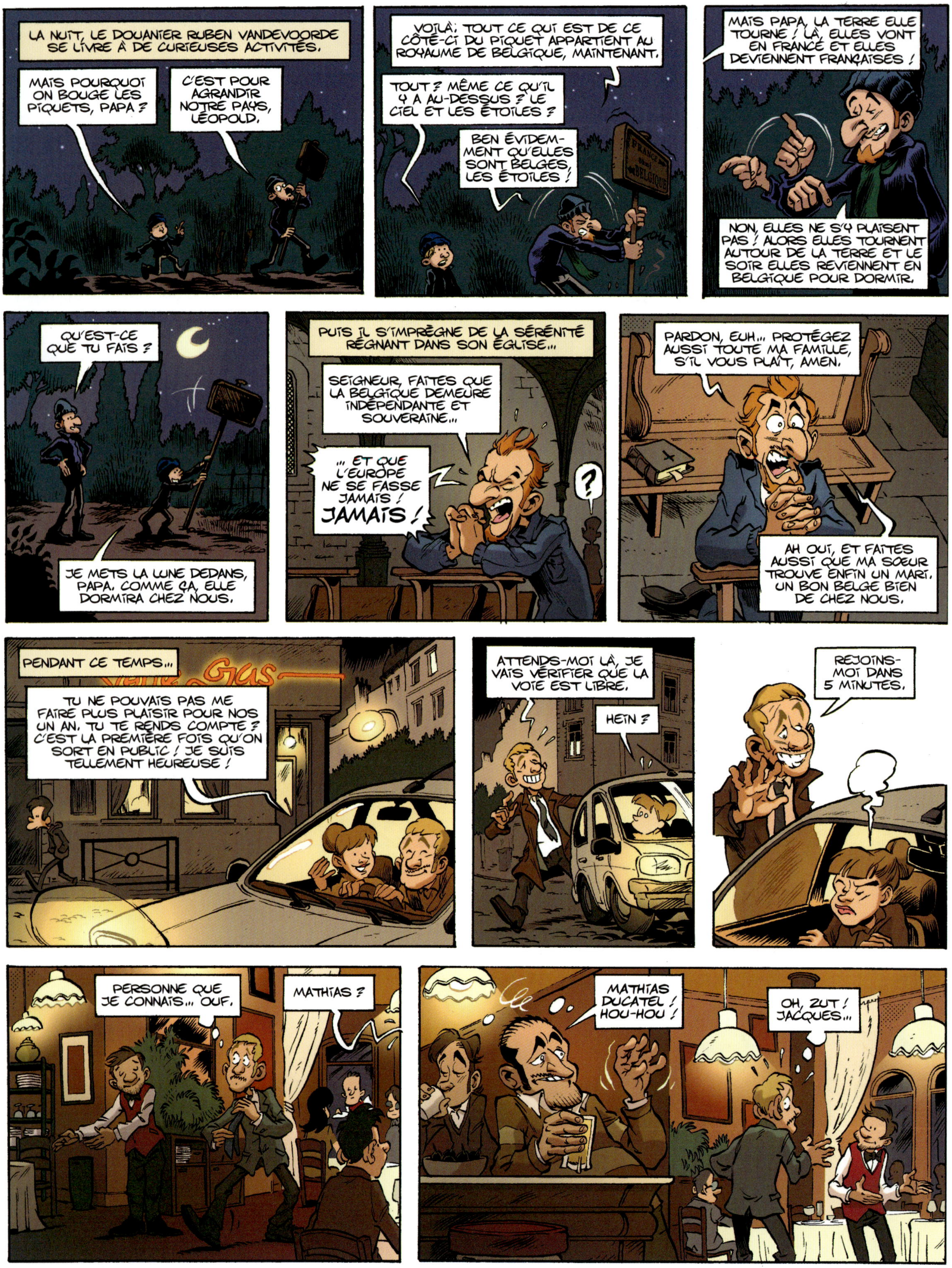
LA NUIT, LE DOUANIER RUBEN VANDEVOORDE SE LIVRE À DE CURIEUSES ACTIVITÉS.
MAIS POURQUOI ON BOUGE LES PIQUETS, PAPA ?
C'EST POUR AGRANDIR NOTRE PAYS, LÉOPOLD.
VOILÀ; TOUT CE QUI EST DE CE CÔTÉ-CI DU PIQUET APPARTIENT AU ROYAUME DE BELGIQUE, MAINTENANT.
TOUT ? MÊME CE QU'IL Y A AU-DESSUS ? LE CIEL ET LES ÉTOILES ?
BEN ÉVIDEMMENT QU'ELLES SONT BELGES, LES ÉTOILES !
BELGIQUE
MAIS PAPA, LA TERRE ELLE TOURNE ! LÀ, ELLES VONT EN FRANCE ET ELLES DEVIENNENT FRANÇAISES !
NON, ELLES NE S'Y PLAISENT PAS ! ALORS ELLES TOURNENT AUTOUR DE LA TERRE ET LE SOIR ELLES REVIENNENT EN BELGIQUE POUR DORMIR.
QU'EST-CE QUE TU FAIS ?
JE METS LA LUNE DEDANS, PAPA. COMME ÇA, ELLE DORMIRA CHEZ NOUS.
PUIS IL S'IMPRÈGNE DE LA SÉRÉNITÉ RÉGNANT DANS SON ÉGLISE...
SEIGNEUR, FAITES QUE LA BELGIQUE DEMEURE INDÉPENDANTE ET SOUVERAINE...
... ET QUE L'EUROPE NE SE FASSE JAMAIS ! JAMAIS !
?
PARDON, EUH... PROTÉGEZ AUSSI TOUTE MA FAMILLE, S'IL VOUS PLAÎT, AMEN.
AH OUI, ET FAITES AUSSI QUE MA SOEUR TROUVE ENFIN UN MARI. UN BON BELGE BIEN DE CHEZ NOUS.
PENDANT CE TEMPS...
TU NE POUVAIS PAS ME FAIRE PLUS PLAISIR POUR NOS UN AN. TU TE RENDS COMPTE ? C'EST LA PREMIÈRE FOIS QU'ON SORT EN PUBLIC ! JE SUIS TELLEMENT HEUREUSE !
ATTENDS-MOI LÀ, JE VAIS VÉRIFIER QUE LA VOIE EST LIBRE.
HEIN ?
REJOINS-MOI DANS 5 MINUTES.
PERSONNE QUE JE CONNAIS... OUF.
MATHIAS ?
MATHIAS DUCATEL ! HOU-HOU !
OH, ZUT ! JACQUES...

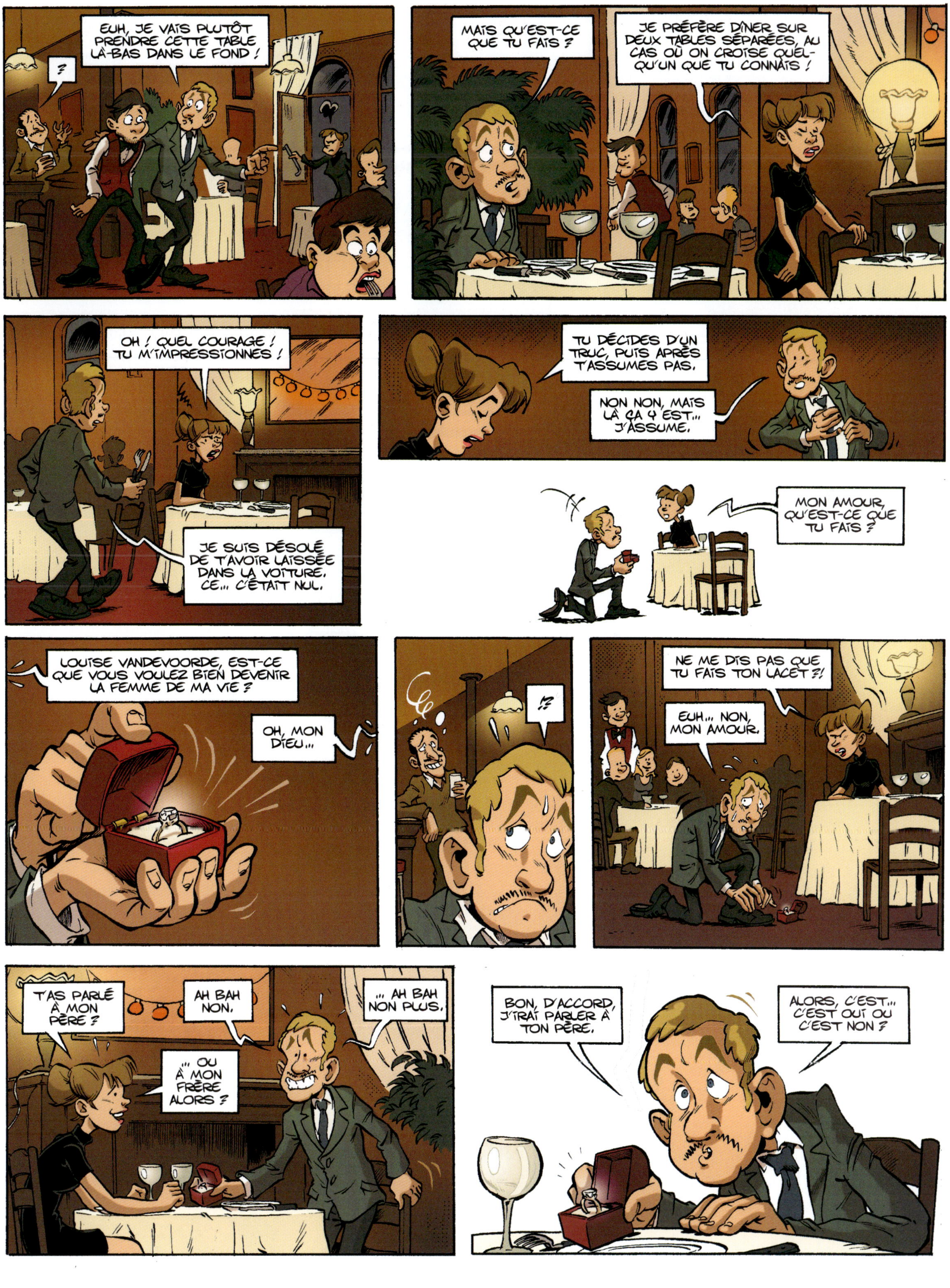

?
EUH, JE VAIS PLUTÔT PRENDRE CETTE TABLE LÀ-BAS DANS LE FOND !
MAIS QU'EST-CE QUE TU FAIS ?
JE PRÉFÈRE DÎNER SUR DEUX TABLES SÉPARÉES, AU CAS OÙ ON CROISE QUELQU'UN QUE TU CONNAIS !
OH ! QUEL COURAGE ! TU M'IMPRESSIONNES !
JE SUIS DÉSOLÉ DE T'AVOIR LAISSÉE DANS LA VOITURE. CE... C'ÉTAIT NUL.
TU DÉCIDES D'UN TRUC, PUIS APRÈS T'ASSUMES PAS.
NON NON, MAIS LÀ ÇA Y EST... J'ASSUME.
MON AMOUR, QU'EST-CE QUE TU FAIS ?
LOUISE VANDEVOORDE, EST-CE QUE VOUS VOULEZ BIEN DEVENIR LA FEMME DE MA VIE ?
OH, MON DIEU...
!?
NE ME DIS PAS QUE TU FAIS TON LACET ?!
EUH... NON, MON AMOUR.
T'AS PARLÉ À MON PÈRE ?
AH BAH NON.
... OU À MON FRÈRE ALORS ?
... AH BAH NON PLUS.
BON, D'ACCORD, J'IRAI PARLER À TON PÈRE.
ALORS, C'EST... C'EST OUI OU C'EST NON ?

C'EST OUI.
CLAP CLAP
CLAP CLAP CLAP CLAP
C'EST RUBEN QUI VA ÊTRE CONTENT !
CHEZ RUBEN...
ARRGHH !!
MAIS QU'EST-CE QUI SE PASSE, ENCORE ?
J'AI ENTENDU UN BRUIT. Y A QUELQU'UN !
UN FRANÇAIS !
T'AS ENTENDU UN BRUIT, RUBEN. PAS UN FRANÇAIS, JUSTE UN BRUIT.
UN BRUIT DE FRANÇAIS !
REVIENS TE COUCHER ! TU VAS RÉVEILLER LÉOPOLD !
LE JOUR, RUBEN A RÉELLEMENT L'OCCASION DE S'OCCUPER DES FRANÇAIS...
EXCUSEZ-MOI...
JE PEUX PASSER SUR LE CÔTÉ, LÀ ? JE VAIS JUSTE FAIRE LE PLEIN À LA STATION ET JE REPARS...
EST-CE QUE NOUS VENONS, NOUS LES BELGES, CHEZ VOUS EN FRANCE, PRENDRE DE L'ESSENCE FRANÇAISE ?
?
BAH NON, PARCE QU'ELLE EST PLUS CHÈRE.

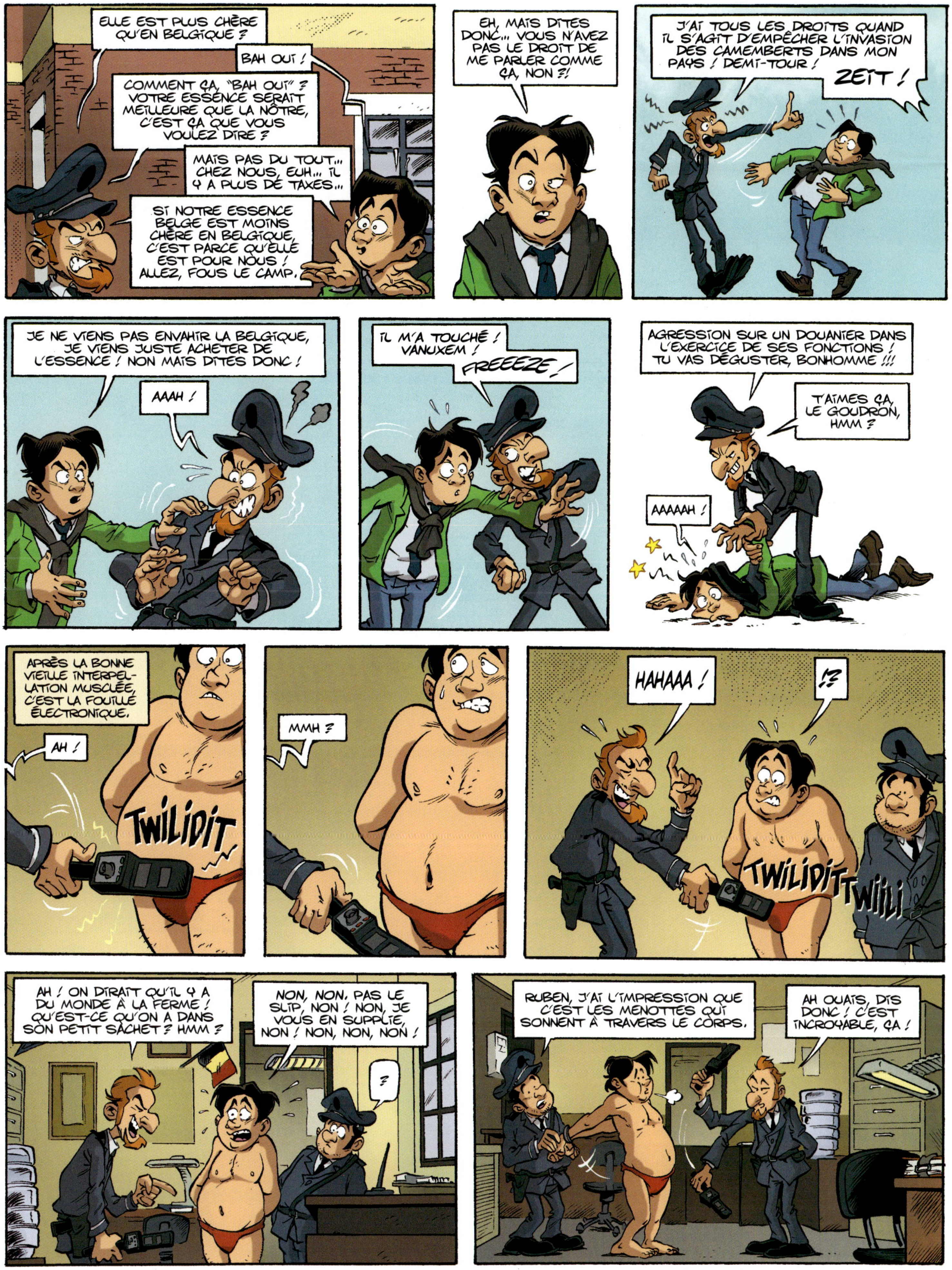
ELLE EST PLUS CHÈRE QU'EN BELGIQUE ?
BAH OUI !
COMMENT ÇA, "BAH OUI" ? VOTRE ESSENCE SERAIT MEILLEURE QUE LA NÔTRE, C'EST ÇA QUE VOUS VOULEZ DIRE ?
MAIS PAS DU TOUT... CHEZ NOUS, EUH... IL Y A PLUS DE TAXES...
SI NOTRE ESSENCE BELGE EST MOINS CHÈRE EN BELGIQUE, C'EST PARCE QU'ELLE EST POUR NOUS ! ALLEZ, FOUS LE CAMP.
EH, MAIS DITES DONC... VOUS N'AVEZ PAS LE DROIT DE ME PARLER COMME ÇA, NON ?!
J'AI TOUS LES DROITS QUAND IL S'AGIT D'EMPÊCHER L'INVASION DES CAMEMBERTS DANS MON PAYS ! DEMI-TOUR !
ZEIT !
JE NE VIENS PAS ENVAHIR LA BELGIQUE, JE VIENS JUSTE ACHETER DE L'ESSENCE ! NON MAIS DITES DONC !
AAAH !
IL M'A TOUCHÉ ! VANUXEM !
FREEEZE !
AGRESSION SUR UN DOUANIER DANS L'EXERCICE DE SES FONCTIONS ! TU VAS DÉGUSTER, BONHOMME !!!
T'AIMES ÇA, LE GOUDRON, HMM ?
AAAAAH !
APRÈS LA BONNE VIEILLE INTERPELLATION MUSCLÉE, C'EST LA FOUILLE ÉLECTRONIQUE.
AH !
TWILIDIT
MMH ?
HAHAAA !
!?
TWILIDIT TWIILI
AH ! ON DIRAIT QU'IL Y A DU MONDE À LA FERME ! QU'EST-CE QU'ON A DANS SON PETIT SACHET ? HMM ?
NON, NON, PAS LE SLIP, NON ! NON, JE VOUS EN SUPPLIE, NON ! NON, NON, NON !
?
RUBEN, J'AI L'IMPRESSION QUE C'EST LES MENOTTES QUI SONNENT À TRAVERS LE CORPS.
AH OUAIS, DIS DONC ! C'EST INCROYABLE, ÇA !

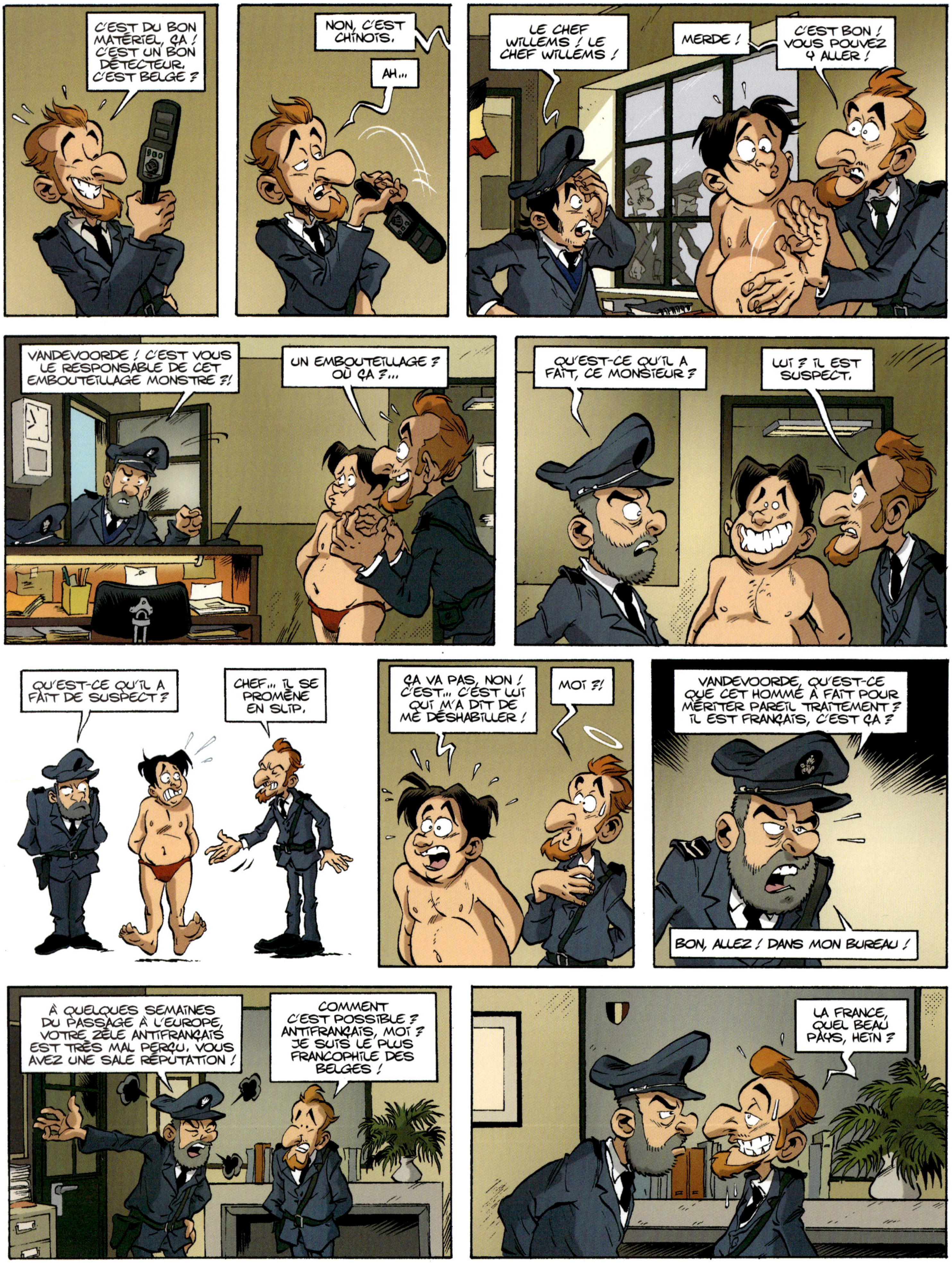
C'EST DU BON MATÉRIEL, ÇA ! C'EST UN BON DÉTECTEUR. C'EST BELGE ?
NON, C'EST CHINOIS.
AH...
LE CHEF WILLEMS ! LE CHEF WILLEMS !
MERDE !
C'EST BON ! VOUS POUVEZ Y ALLER !
VANDEVOORDE ! C'EST VOUS LE RESPONSABLE DE CET EMBOUTEILLAGE MONSTRE ?!
UN EMBOUTEILLAGE ? OÙ ÇA ?...
QU'EST-CE QU'IL A FAIT, CE MONSIEUR ?
LUI ? IL EST SUSPECT.
QU'EST-CE QU'IL A FAIT DE SUSPECT ?
CHEF... IL SE PROMÈNE EN SLIP.
ÇA VA PAS, NON ! C'EST... C'EST LUI QUI M'A DIT DE ME DÉSHABILLER !
MOI ?!
VANDEVOORDE, QU'EST-CE QUE CET HOMME A FAIT POUR MÉRITER PAREIL TRAITEMENT ? IL EST FRANÇAIS, C'EST ÇA ?
BON, ALLEZ ! DANS MON BUREAU !
À QUELQUES SEMAINES DU PASSAGE À L'EUROPE, VOTRE ZÈLE ANTIFRANÇAIS EST TRÈS MAL PERÇU. VOUS AVEZ UNE SALE RÉPUTATION !
COMMENT C'EST POSSIBLE ? ANTIFRANÇAIS, MOI ? JE SUIS LE PLUS FRANCOPHILE DES BELGES !
LA FRANCE, QUEL BEAU PAYS, HEIN ?

EH BIEN, ÇA TOMBE BIEN QUE VOUS SOYEZ FRANCOPHILE, PARCE QUE JE VOUS AI JUSTEMENT DÉSIGNÉ POUR EXPÉRIMENTER UNE ÉQUIPE EN DOUANE VOLANTE FRANCO-BELGE.
OURPFFF ! QU... QUELLE BELLE IDÉE, CHEF...
... MAIS PAS MOI ! JE NE POURRAI PAS... C'EST AU-DESSUS DE MES FORCES... TOUT MAIS PAS ÇA, CHEF, S'IL VOUS PLAÎT.
ALORS TENEZ-VOUS À CARREAU ET CESSEZ DE FAIRE DU FOIN ! ET ALORS, PEUT-ÊTRE, JE CHOISIRAI QUELQU'UN D'AUTRE.
AU FUTUR PARISIEN, EXPERT D'ORDINATEUR !
D'INFORMATIQUE !
TCHIN !
MADAME JANUS, UNE PETITE COUPE ?
POUR FÊTER LA DISPARITION DE LA DOUANE ?
C'EST PLUTÔT DU POISON QU'IL ME FAUDRAIT.
NOUS ON EST OBLIGÉS DE RESTER ICI. COMMENT ON VA FAIRE, L'ANNÉE PROCHAINE, SANS CLIENTS ? SANS DOUANIERS, SANS COMMERÇANTS ? PLUS PERSONNE VA S'ARRÊTER, Y AURA MÊME PLUS DE BUREAU DE CHANGE !
ÉCOUTEZ, IRÈNE, ON VOUS PROMET QUE TOUS LES DOUANIERS QUI VONT RESTER DANS LA RÉGION VIENDRONT MANGER ICI TOUS LES MIDIS.
OUI !
OUAIS ! OUAIS !
C'EST PAS AVEC ÇA QU'ON VA S'EN SORTIR. M'ENFIN... C'EST GENTIL QUAND MÊME.
JACQUES !
OUI, MA PETITE FLEUR ?
CES MESSIEURS-DAMES VONT DÉJEUNER CHEZ NOUS.
EH BEN JE... JE VAIS TÂCHER DE LEUR TROUVER UNE PLACE...
EH BEN BOUGE, VAS-Y ! OH LÀ LÀ, C'EST PAS VRAI...
... QU'EST-CE QU'IL ME FAIT CHIER CELUI-LÀ !

C'EST ÇA, LE PLAT DU JOUR ?
EUH... FAUT QU'ON FASSE DES ÉCONOMIES.
IL A L'AIR TELLEMENT MALHEUREUX.
SON VRAI MALHEUR, C'EST D'AVOIR ÉPOUSÉ UNE FRANÇAISE. ET SURTOUT D'AVOIR RENDU UNE BELGE MALHEUREUSE...
... CELLE QU'IL N'A PAS ÉPOUSÉE, ET QU'IL A LAISSÉE SEULE À LA MERCI DU PREMIER FRANÇAIS VENU !
VOUS CONNAISSEZ L'HISTOIRE DU FRANÇAIS QUI PASSE LA FRONTIÈRE BELGE ET QUI DEMANDE AU DOUANIER DE VÉRIFIER SES CLIGNOTANTS ?
LE BELGE, IL SE PENCHE, TRÈS CONCENTRÉ, ET IL FAIT : "OUI, ÇA MARCHE... AH NON, ÇA NE MARCHE PAS ! OUI, ÇA MARCHE, NON, ÇA NE MARCHE PAS. OUI, ÇA MARCHE ! AH NON, ÇA NE MARCHE PAS !"
HA, HA, HA !
PAF
!!
MAN'S
ON SE TIRE ! ÇA PUE LE FROUZE, ICI ! ALLEZ, VANUXEM !
JE SUIS INNOCENT...
RESTAURANT
NO MAN'S LAND
JE SUIS INNOCENT, JE SUIS INNOCENT...
BAR de La POINTE
GODIVA

JE SUIS INNOCENT, JE SUIS INNOCENT...
CHICORÉE LEROUX
TU CONTRÔLES PAS LES PAPIERS ?
NON, VANDEVOORDE VA S'EN CHARGER.
DOUANE DU ROYAUME DE BELGIQUE. VOS PAPIERS ! VOUS ALLEZ OÙ COMME ÇA ?
JE TRANSPORTE UN BLESSÉ GRAVE QUI DOIT SUBIR UNE TRANSPLANTATION D'URGENCE... IL EST ENTRE LA VIE ET LA MORT.
ET ÇA VOUS FAIT SOURIRE ?
NON...
SI.
OH NON !
SI, VOUS SOURIEZ, LÀ.
OH... C'EST PARCE QUE J'ESSAIE DE RESTER COOL... MAIS JE SUIS TENDU.
RUBEN, VIENS VOIR.
TU BOUGES PAS.
AMB
AMBLANCE
OOOOH... PUTAIN ! JE SAVAIS QU'Y AVAIT PAS DE "U" DANS AMBLANCE !
DESCENDEZ DE CE VÉHICULE !
FONCE ! FONCE !
FREEEZE !
FOOONCE !
VRRRR

HALTE !
CRIIII
!!
CLAC !
?
ATTENDS ! ATTENDS !
AAAAAAA
HALTE...
... FREEZE !
PAW
BLING PAW
F... FONCE !
VROOoo
DEUX MINUTES PLUS TARD, AU POSTE FRANÇAIS.
... À QUOI VOUS SERVEZ, SI VOUS N'ÊTES MÊME PAS FOUTUS D'ARRÊTER VOS TRAFIQUANTS DE DROGUE ?! HEIN ?!
ALLEZ ÇA VA... J'AI PAS ENVIE DE M'ÉNERVER.
MAIS AU CONTRAIRE, DUCATEL, ÉNERVE-TOI ! J'AIMERAIS BIEN VOIR À QUOI ÇA RESSEMBLE, UN MOLLUSQUE QUI S'ÉNERVE.
ALLEZ, TIRE-TOI, VANDEVOORDE, OU JE T'ARRÊTE.
AH OUAIS ?! ET TU M'ARRÊTERAIS POURQUOI ?!

EH BEN, TU VIENS DE PASSER LA FRONTIÈRE AVEC DE LA DROGUE, NON ?
SALE FROUZE DE MERDE !!
POW
JE VAIS TE...
VANDEVOORDE !!
PLUS TARD, CHEZ MATHIAS...
FAUT QUE TU AILLES T'EXCUSER AUPRÈS DE MON FRÈRE !
PAS QUESTION ! TON FRÈRE EST UN GROS CON ! ET UN GROS CON DE BELGE COMME J'AI RAREMENT VU !
EN FAIT, T'ES AUSSI RACISTE QUE LUI.
PAS DU TOUT ! MAIS C'EST CETTE SITUATION QUI ME REND DINGUE ! IL Y A DES MOMENTS, JE... J'EN PEUX PLUS !
AH OUAIS, ET POURQUOI ON RESTE ENSEMBLE, SI T'EN PEUX PLUS ?
BEN, Y A DES FOIS, JE ME POSE LA QUESTION, OUI.
!!
PAC
LOUISE, ATTENDS !... LOUISE !!!
SLAM

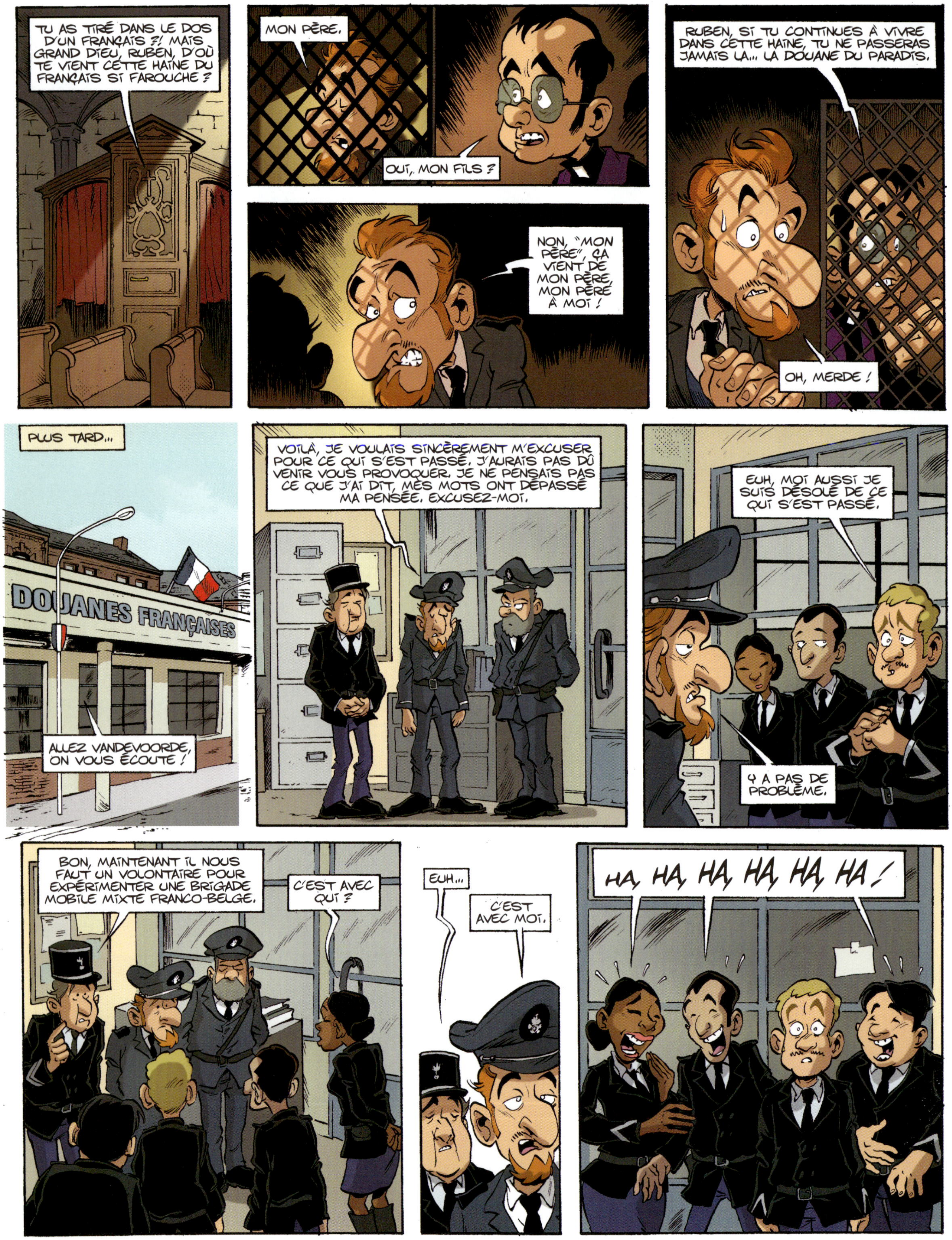
TU AS TIRÉ DANS LE DOS D'UN FRANÇAIS ?! MAIS GRAND DIEU, RUBEN, D'OÙ TE VIENT CETTE HAINE DU FRANÇAIS SI FAROUCHE ?
MON PÈRE.
OUI, MON FILS ?
NON, "MON PÈRE", ÇA VIENT DE MON PÈRE, MON PÈRE À MOI !
RUBEN, SI TU CONTINUES À VIVRE DANS CETTE HAINE, TU NE PASSERAS JAMAIS LA... LA DOUANE DU PARADIS.
OH, MERDE !
PLUS TARD...
DOUANES FRANÇAISES
ALLEZ VANDEVOORDE, ON VOUS ÉCOUTE !
VOILÀ, JE VOULAIS SINCÈREMENT M'EXCUSER POUR CE QUI S'EST PASSÉ. J'AURAIS PAS DÛ VENIR VOUS PROVOQUER. JE NE PENSAIS PAS CE QUE J'AI DIT, MES MOTS ONT DÉPASSÉ MA PENSÉE. EXCUSEZ-MOI.
EUH, MOI AUSSI JE SUIS DÉSOLÉ DE CE QUI S'EST PASSÉ.
Y A PAS DE PROBLÈME.
BON, MAINTENANT IL NOUS FAUT UN VOLONTAIRE POUR EXPÉRIMENTER UNE BRIGADE MOBILE MIXTE FRANCO-BELGE.
C'EST AVEC QUI ?
EUH...
C'EST AVEC MOI.
HA, HA, HA, HA, HA, HA !

JE SUIS VOLONTAIRE.
WAHAHAHAHAHA
HAHA
HA
BON BEN EUH, VOUS COMMENCEZ TOUS LES DEUX LUNDI.
LUNDI...
LA SUPPRESSION DES DOUANES FIXES VA ENTRAÎNER UNE AUGMENTATION DU TRAFIC DE DROGUE PAR LA ROUTE. VOUS ALLEZ DONC ÊTRE, EUH, LÂCHÉS, SEULS EN PLEINE CAMBROUSSE, LIVRÉS À VOUS-MÊMES.
C'EST QUOI, ÇA ?
DOUANE
DOUANE
C'EST UN TÉLÉPHONE ! UN PORTABLE GSM. LE PREMIER DE LA BRIGADE MIXTE.
VOUS AVEZ VU COMME C'EST PETIT ?
AH.
OH!
ALLONS VOIR MAINTENANT VOTRE VÉHICULE INTERNATIONAL D'INTERCEPTION...
ÇA !?
C'EST GROTESQUE !
JE VOUS PRÉSENTE VOTRE TROISIÈME PARTENAIRE, GRIZZLY. UN DE NOS MEILLEURS AGENTS À LA D.N.O.D.
DOUANES Internationales
C'EST CENSÉ NOUS PROTÉGER ?
NON, MAIS GRIZZLY A UN FLAIR HORS DU COMMUN POUR TOUT CE QUI EST STUPÉFIANT.
ET LA PREMIÈRE PATROUILLE DE L'ÉQUIPE D'INTERCEPTION INTERNATIONALE...
... ELLE EST UN PEU POUSSIVE AU DÉMARRAGE !
?
PARKING RESERVE A LA CLIENTELE
DOUANES Internationales
... PREND SON ENVOL.
BROT
VROOO
PT
PÉT
PÉT
IIIIIK
IIIIIK
DOUANES Internationales

LE PREMIER CONTRÔLE...
DOUANES Internationales
BAH POURQUOI IL S'ARRÊTE PAS ?
PARCE QU'ON N'EST PAS UNE DOUANE, ICI. REGARDE-NOUS...
VROOOo
... ON A L'AIR DE DEUX CLOWNS, ILS NOUS PRENNENT POUR UNE BLAGUE !
C'EST QUAND MÊME UN DÉLIT DE FUITE !
FREEZE !
NON ! NON ! OH ! ÇA VA PAS, NON ?
ON NE LUI TIRE PAS DESSUS !
OK ! ALORS QU'EST-CE QU'ON FAIT, MONSIEUR "JE SAIS TOUT" ?
ON LE POURSUIT !
AVEC ÇA ?
DOUANES Internationales
GNN GNN GNN... BRROOOOoo... PÊTPÊT... Couic
OH NON ! OH BAH NON !

JE NE TE VOIS JAMAIS AVEC UN HOMME... T'ES GOUINE, C'EST ÇA ?
NON ! ET ON NE DIT PAS "GOUINE", ON DIT "LESBIENNE".
AH ! T'ES LESBIENNE, ALORS.
NON, JE NE SUIS PAS LESBIENNE, JE T'AI DIT !
PTRT
J'AVAIS PAS VU. C'EST DE L'EAU FRANÇAISE. JE VEUX DE LA SPA !
Y EN AVAIT PLUS. BOIS CELLE-LÀ, ELLE EST TRÈS BONNE.
NON ! JE VEUX DE L'EAU BELGE !
IMAGINE QUE LES ALPES SONT EN BELGIQUE ET BOIS !
NON !
SI !
QU'EST-CE QUI SE PASSE ? ON VOUS ENTEND JUSQUE DEHORS !
TA SOEUR VEUT ME FAIRE BOIRE DE L'EAU DE FROUZE ! ELLE A MAUVAIS GOÛT !
POURQUOI TU LUI ACHÈTES DE L'EAU FRANÇAISE ?
AH OUI, T'AS RAISON, PAPA, ELLE RÂPE UN PEU...
... ELLE A UN P'TIT GOÛT SEC !
J'EN AI MARRE DE VOS DÉLIRES PARANOÏAQUES ET RACISTES !
OHLÀLÀ, TU SAIS CE QU'IL TE FAUDRAIT, TOI ? UN BON PETIT MARI À LA MAISON, ÇA TE FERAIT DU BIEN...
UN VRAI BELGE, COMME VANUXEM !

CETTE DÉLICIEUSE AMBIANCE FAMILIALE N'A PAS ARRANGÉ LES RELATIONS ENTRE MATHIAS ET LOUISE.
C'EST TOI QUI AS RAISON : J'AI UNE FAMILLE DE CONS, MAIS JE NE SUIS PAS PRÊTE À LEUR BRISER LE COEUR. DÉSOLÉE.
ATTENDS, LOUISE...
NON, MATHIAS. C'EST FINI, C'EST MIEUX COMME ÇA.
MON AMOUR...
CLAC!
LE LENDEMAIN...
POURQUOI VOUS VENDEZ, SI C'EST UNE BONNE AFFAIRE ?
RESTAURANT
NO MAN'S LAND
BAR
CHIMAY
MON MARI EST TRÈS MALADE. IL SOUFFRE D'UNE MALADIE INCURABLE QUI LE... RONGE, PETIT À PETIT.
C'EST VRAI, JE... JE SUIS TRÈS MALADE.
TEHEU
TEHEU
TEHEU
TEHEUHEUUU
HEU HEU EURK !
NE VOUS FATIGUEZ PAS AVEC VOTRE BARATIN. JE SUIS AU COURANT DE VOTRE SITUATION FINANCIÈRE DRAMATIQUE.
MAIS... LES DOUANIERS VIENNENT DÉJEUNER CHEZ NOUS TOUS LES MIDIS !
BAH JUSTEMENT, C'EST ÇA QUI M'INTÉRESSE. J'AI MOI AUSSI UNE ENTREPRISE FRONTALIÈRE QUI MORFLE À CAUSE DE L'EUROPE. DU COUP JE PASSE DES CHOSES EN DOUCE D'UN PAYS À L'AUTRE, RIEN DE BIEN MÉCHANT : DEUX TROIS CARTONS DE CIGARETTES, UN PETIT PEU DE MATÉRIEL HIFI...
... SI VOUS POUVIEZ JUSTE LAISSER TRAÎNER UNE OREILLE AUX TABLES DES DOUANIERS POUR SAVOIR OÙ ET QUAND ILS S'INSTALLENT EN DOUANE VOLANTE.
ON NE MANGE PAS DE CE PAIN-LÀ !

IRÈNE, RENDS CETTE ENVELOPPE IMMÉDIATEMENT !
SOIT VOUS ME DONNEZ L'INFORMATION, SOIT VOUS ME RENDEZ L'ARGENT. PRENEZ LE TEMPS DE RÉFLÉCHIR.
PARKING RÉSERVÉ
C'EST TOUT RÉFLÉCHI.
MATHIAS NE VEUT PAS RENONCER À LOUISE. IL A UN PLAN.
ALLEZ, SOIS DIPLOMATE, MATHIAS. IL FAUT QUE TU EN FASSES TON AMI POUR RETROUVER LOUISE...
HALTE DOUANE
DOUANES
À TON AVIS, RUBEN, POURQUOI MES COLLÈGUES ILS SE MOQUENT DE TOI AVEC LEURS HISTOIRES BELGES ?
HEIN ?
PARCE QUE C'EST DES CONNARDS DE FROUZES !
MAIS NON, C'EST PARCE QU'ILS SONT JALOUX...
... T'ES LE MEILLEUR DOUANIER DE TOUTE LA FRONTIÈRE FRANCO-BELGE, NON ?
PROBABLEMENT, OUI.
ALORS ILS T'EN VEULENT D'ÊTRE LE MEILLEUR ! DANS LE FOND, C'EST UNE GRANDE MARQUE DE RESPECT.
ATTENTION DOUANE PASSAGE INTERDIT
ALLEI !
DOUANES
?
?
DOUANE
C'EST... C'EST LE MEC DE L'AMBULANCE !
DOUANES

FREEZE ! FREEEEZE !
SCRÎÎÎÎ
ALLEZ ! FONCE !
VROOO
?!
PAC!
PFFFFF
FLUBUBUBU
NON, J'AI... J'AI PAS ROULÉ DESSUS, QUAND MÊME ?
LE TÉLÉPHONE PORTATIF, VITE !
ALLÔ ! VANUXEM ! C'EST RUBEN ! PRÉVIENS LA GENDARMERIE ! ON A UN DÉLIT DE FUITE, CONTREBANDE, UNE CAMIONNETTE BORDEAUX...
ALLÔ ?!
LÔ !... KRRR... TRRR... VIENS... TRRRU... NETTE... KRRR...
TRRRR... DA... TRRR... CHI... KRRRRR...
?
KRRR... FFFF... TRRREEE... KRRRU !
KRRR... FFFF... TRRREEE... KRRRU !
?
?!
L'ÉQUIPE REVIENT DÉMORALISÉE... SUR LES JANTES.
?
CRRR CRRR
BROMBO BOLOM BOM
BEN LÀ, JE VOIS QUE MON FRÈRE QUI PEUT VOUS ARRANGER ÇA...

PLUS TARD, AU GARAGE DU FRÈRE DE VANUXEM...
Y A DU BOULOT, HEIN !
Y A QUE LES ROUES À CHANGER.
VanuXem MOTORS
ET ÉVENTUELLEMENT RAJOUTER DES NOUVELLES JANTES.
EUH, ATTENTION... ON A UN TOUT PETIT BUDGET, HEIN !
BING
C'EST BIEN PARCE QUE C'EST TOI, BRUNO.
BON, REVENEZ DEMAIN VERS DEUX HEURES QUART, ELLE SERA PRÊTE.
J'AIMERAIS BIEN VENIR AVEC VOUS À LA VOLANTE... JE DÉPRIME ICI, TOUT SEUL.
C'EST PARCE QUE JE TE MANQUE, VANUXEM, C'EST POUR ÇA QUE TU DÉPRIMES...
... DE TOUTE FAÇON, TU VAS ME VOIR SOUVENT... PUISQUE TU VAS DEVENIR MON BEAU-FRÈRE !
?!
PRTTTTT
DOUANE
AH ? EUH... VOUS ALLEZ DEVENIR BEAUX-FRÈRES ?
FAUT VOIR. FAUT QU'ELLE ME PLAISE ASSEZ, TA SOEUR, POUR QUE JE L'ÉPOUSE.
OH ! TU FAIS PAS LE FANFARON !
VOUS ÊTES ENSEMBLE ?
BEN NON, J'HÉSITE ENCORE UN PEU.
DOUANE
LES GARS ! VENEZ MANGER AVEC NOUS !
?!
!?!
DOUANE

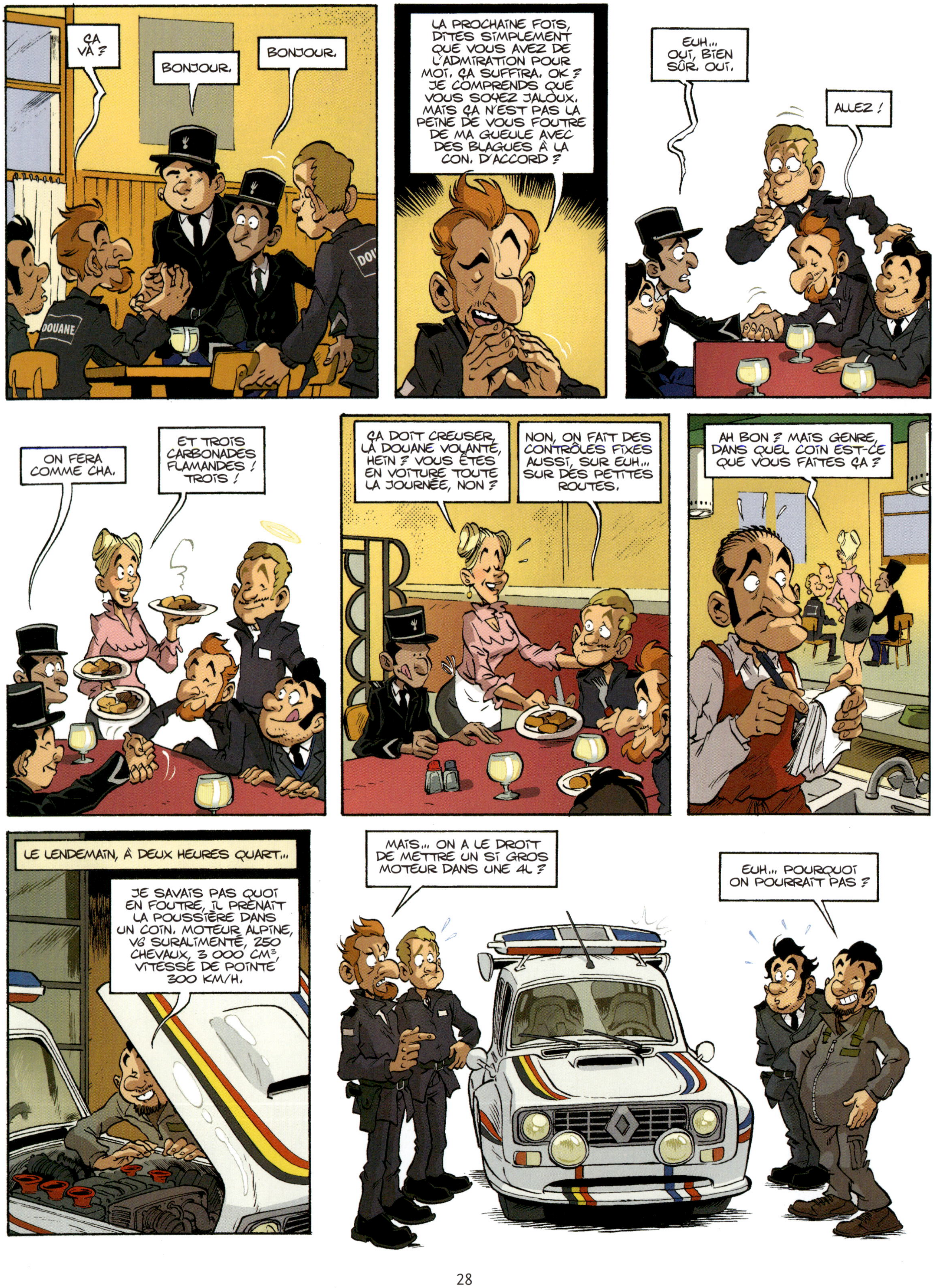
ÇA VA ?
BONJOUR.
BONJOUR.
LA PROCHAINE FOIS, DITES SIMPLEMENT QUE VOUS AVEZ DE L'ADMIRATION POUR MOI. ÇA SUFFIRA. OK ? JE COMPRENDS QUE VOUS SOYEZ JALOUX, MAIS ÇA N'EST PAS LA PEINE DE VOUS FOUTRE DE MA GUEULE AVEC DES BLAGUES À LA CON. D'ACCORD ?
EUH... OUI, BIEN SÛR. OUI.
ALLEZ !
ON FERA COMME CHA.
ET TROIS CARBONADES FLAMANDES ! TROIS !
ÇA DOIT CREUSER, LA DOUANE VOLANTE, HEIN ? VOUS ÊTES EN VOITURE TOUTE LA JOURNÉE, NON ?
NON, ON FAIT DES CONTRÔLES FIXES AUSSI, SUR EUH... SUR DES PETITES ROUTES.
AH BON ? MAIS GENRE, DANS QUEL COIN EST-CE QUE VOUS FAITES ÇA ?
LE LENDEMAIN, À DEUX HEURES QUART...
JE SAVAIS PAS QUOI EN FOUTRE, IL PRENAIT LA POUSSIÈRE DANS UN COIN. MOTEUR ALPINE, V6 SURALIMENTÉ, 250 CHEVAUX, 3 000 CM³ VITESSE DE POINTE 300 KM/H.
MAIS... ON A LE DROIT DE METTRE UN SI GROS MOTEUR DANS UNE 4L ?
EUH... POURQUOI ON POURRAIT PAS ?

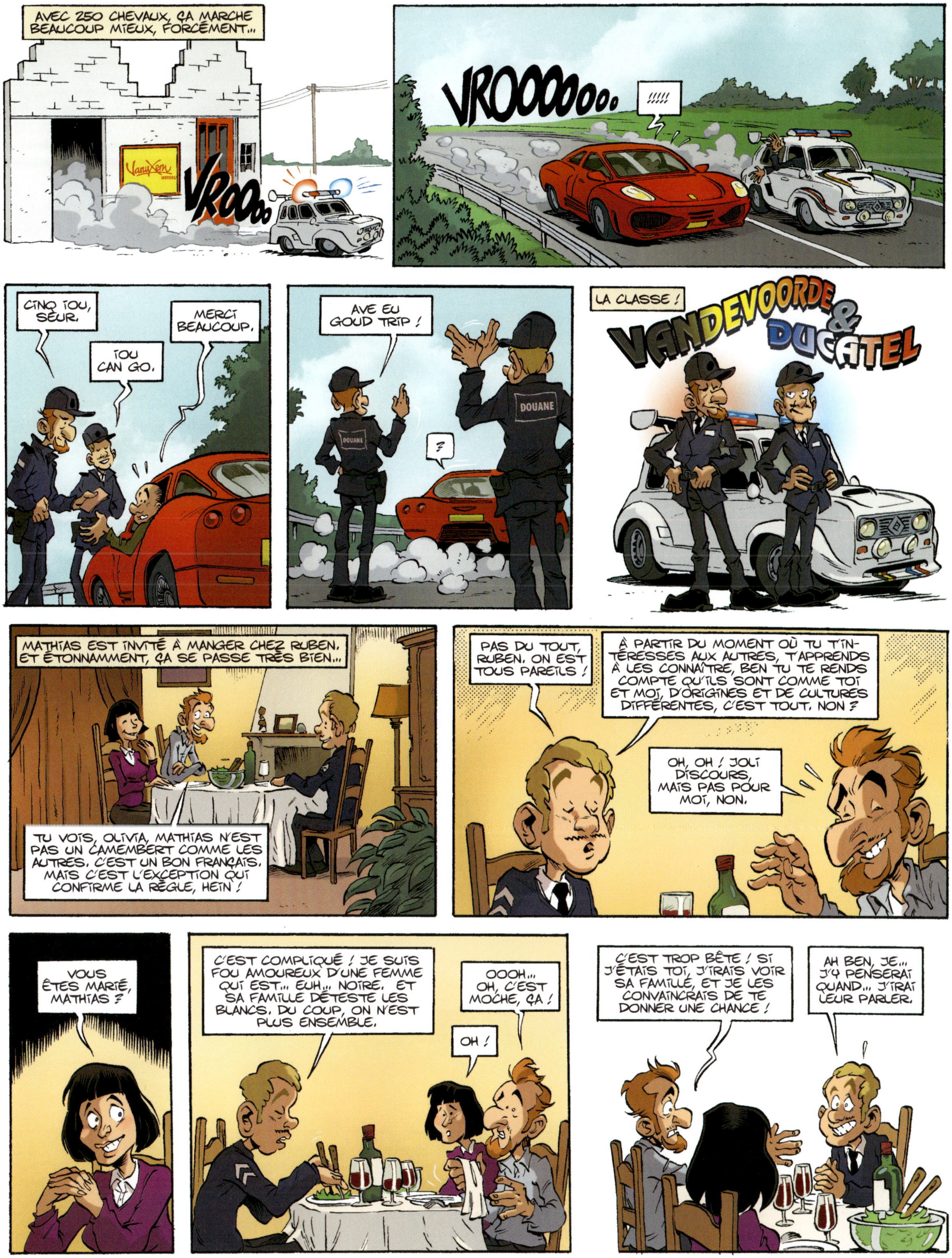
AVEC 250 CHEVAUX, ÇA MARCHE BEAUCOUP MIEUX, FORCÉMENT...
VROOoo
VROOOOOOo.
!!!!!
CINQ TOU, SEUR.
TOU CAN GO.
MERCI BEAUCOUP.
AVE EU GOUD TRIP !
?
LA CLASSE !
VANDEVOORDE & DUCATEL
MATHIAS EST INVITÉ À MANGER CHEZ RUBEN. ET ÉTONNAMMENT, ÇA SE PASSE TRÈS BIEN...
TU VOIS, OLIVIA, MATHIAS N'EST PAS UN CAMEMBERT COMME LES AUTRES. C'EST UN BON FRANÇAIS. MAIS C'EST L'EXCEPTION QUI CONFIRME LA RÈGLE, HEIN !
PAS DU TOUT, RUBEN. ON EST TOUS PAREILS !
À PARTIR DU MOMENT OÙ TU T'INTÉRESSES AUX AUTRES, T'APPRENDS À LES CONNAÎTRE, BEN TU TE RENDS COMPTE QU'ILS SONT COMME TOI ET MOI, D'ORIGINES ET DE CULTURES DIFFÉRENTES, C'EST TOUT. NON ?
OH, OH ! JOLI DISCOURS, MAIS PAS POUR MOI, NON.
VOUS ÊTES MARIÉ, MATHIAS ?
C'EST COMPLIQUÉ ! JE SUIS FOU AMOUREUX D'UNE FEMME QUI EST... EUH... NOIRE. ET SA FAMILLE DÉTESTE LES BLANCS. DU COUP, ON N'EST PLUS ENSEMBLE.
OH !
OOOH... OH, C'EST MOCHE, ÇA !
C'EST TROP BÊTE ! SI J'ÉTAIS TOI, J'IRAIS VOIR SA FAMILLE, ET JE LES CONVAINCRAIS DE TE DONNER UNE CHANCE !
AH BEN, JE... J'Y PENSERAI QUAND... J'IRAI LEUR PARLER.
!

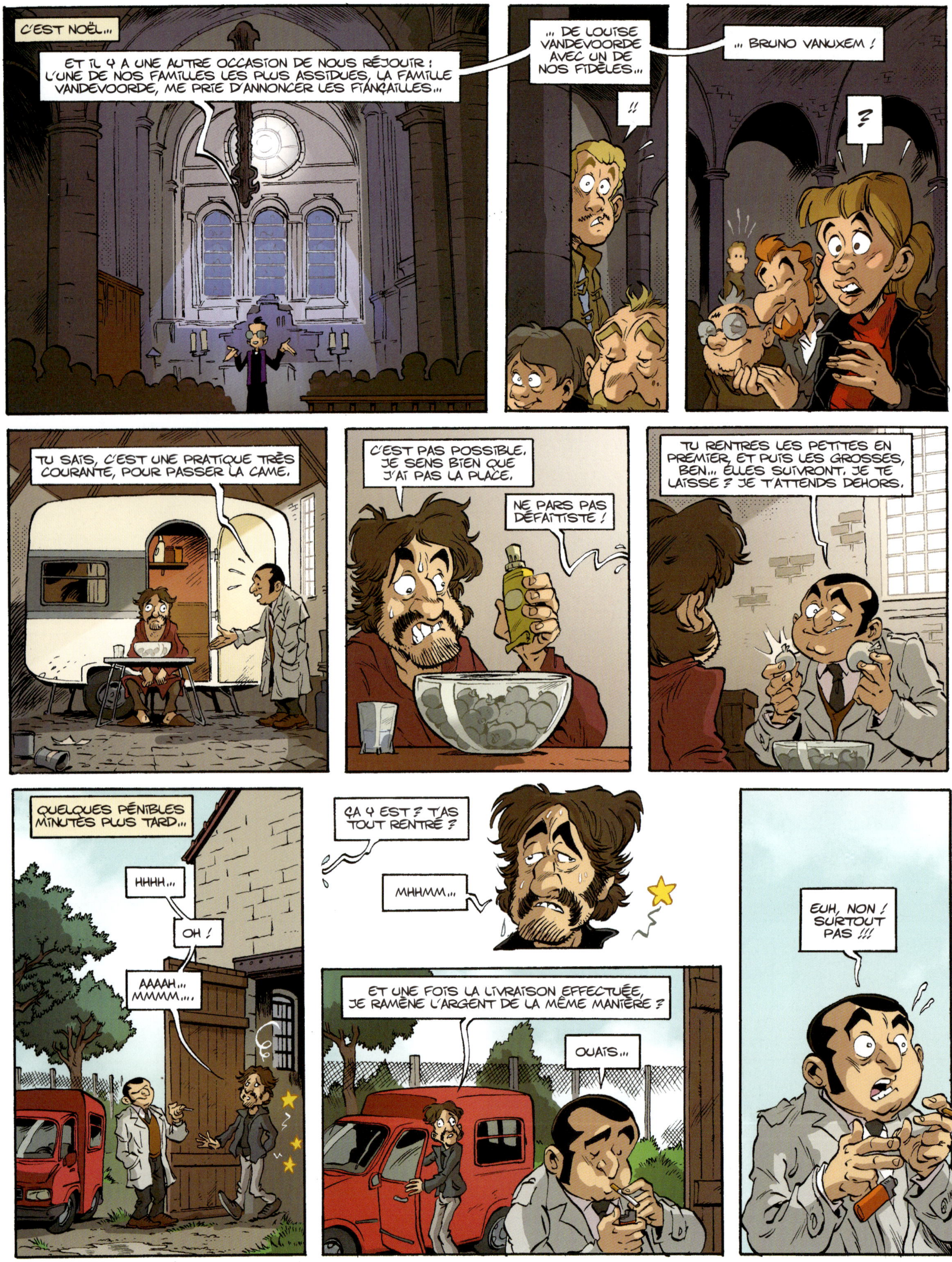

C'EST NOËL...
ET IL Y A UNE AUTRE OCCASION DE NOUS RÉJOUIR : L'UNE DE NOS FAMILLES LES PLUS ASSIDUES, LA FAMILLE VANDEVOORDE, ME PRIE D'ANNONCER LES FIANÇAILLES...
... DE LOUISE VANDEVOORDE AVEC UN DE NOS FIDÈLES...
!!
... BRUNO VANUXEM !
?
TU SAIS, C'EST UNE PRATIQUE TRÈS COURANTE, POUR PASSER LA CAME.
C'EST PAS POSSIBLE. JE SENS BIEN QUE J'AI PAS LA PLACE.
NE PARS PAS DÉFAITISTE !
TU RENTRES LES PETITES EN PREMIER, ET PUIS LES GROSSES, BEN... ELLES SUIVRONT. JE TE LAISSE ? JE T'ATTENDS DEHORS.
QUELQUES PÉNIBLES MINUTES PLUS TARD...
HHHH...
OH !
AAAAH... MMMM....
ÇA Y EST ? T'AS TOUT RENTRÉ ?
MHHMM...
ET UNE FOIS LA LIVRAISON EFFECTUÉE, JE RAMÈNE L'ARGENT DE LA MÊME MANIÈRE ?
OUAIS...
EUH, NON ! SURTOUT PAS !!!

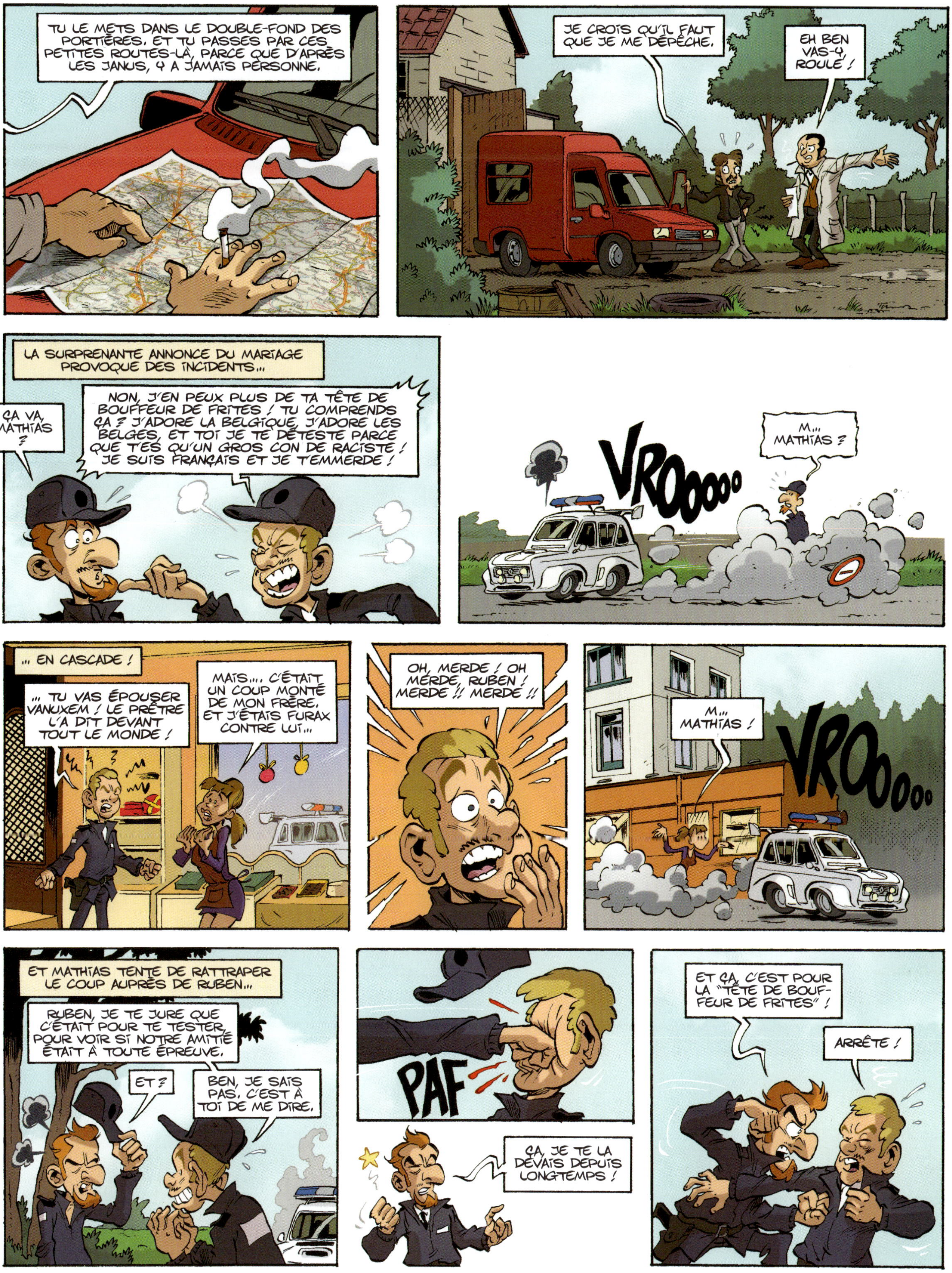
TU LE METS DANS LE DOUBLE-FOND DES PORTIÈRES, ET TU PASSES PAR CES PETITES ROUTES-LÀ, PARCE QUE D'APRÈS LES JANUS, Y A JAMAIS PERSONNE.
JE CROIS QU'IL FAUT QUE JE ME DÉPÊCHE.
EH BEN VAS-Y, ROULE !
LA SURPRENANTE ANNONCE DU MARIAGE PROVOQUE DES INCIDENTS...
ÇA VA, MATHIAS ?
NON, J'EN PEUX PLUS DE TA TÊTE DE BOUFFEUR DE FRITES ! TU COMPRENDS ÇA ? J'ADORE LA BELGIQUE, J'ADORE LES BELGES, ET TOI JE TE DÉTESTE PARCE QUE T'ES QU'UN GROS CON DE RACISTE ! JE SUIS FRANÇAIS ET JE T'EMMERDE !
VROOOOO
M... MATHIAS ?
... EN CASCADE !
... TU VAS ÉPOUSER VANUXEM ! LE PRÊTRE L'A DIT DEVANT TOUT LE MONDE !
MAIS... C'ÉTAIT UN COUP MONTÉ DE MON FRÈRE, ET J'ÉTAIS FURAX CONTRE LUI...
OH, MERDE ! OH MERDE, RUBEN ! MERDE !! MERDE !!
M... MATHIAS !
VROOOOO
ET MATHIAS TENTE DE RATTRAPER LE COUP AUPRÈS DE RUBEN...
RUBEN, JE TE JURE QUE C'ÉTAIT POUR TE TESTER, POUR VOIR SI NOTRE AMITIÉ ÉTAIT À TOUTE ÉPREUVE.
ET ?
BEN, JE SAIS PAS. C'EST À TOI DE ME DIRE.
PAF
ÇA, JE TE LA DEVAIS DEPUIS LONGTEMPS !
ET ÇA, C'EST POUR LA "TÊTE DE BOUFFEUR DE FRITES" !
ARRÊTE !

SALOPERIE !
AAAHHH ! ARRÊTE !
OH !
ATTENDS ! REGARDE !
PUTAIN, LA CAMIONNETTE ROUGE !
VITE !
ET APRÈS UNE POURSUITE FRUCTUEUSE...
JE SUIS INNOCENT !
TU NOUS PRENDS POUR DES CONS, L'AMBULANCIER ?
À PREMIÈRE VUE, LA VOITURE EST VIDE.
POURQUOI IL LUI RENIFLE LE CUL, GRIZZLY ?
C'EST NORMAL ! TOUS LES CHIENS RENIFLENT LES CULS.
AH NON, LES CHIENS RENIFLENT LE CUL DES AUTRES CHIENS.
MAIS EUH... J'AI UN CHIEN ! IL DOIT SENTIR QUE J'AI UN CHIEN !
ON VA ALLER À L'HÔPITAL FAIRE UNE RADIO, POUR ESSAYER DE COMPRENDRE POURQUOI TU AS LE CUL QUI SENT LE CHIEN.
À L'HÔPITAL...
CE PETIT MONSIEUR SE PROMÈNE AVEC TRENTE BOULETTES DE DROGUE DANS SON DERRIÈRE !
NON ?! C'EST PAS POSSIBLE !
ATTENDS, TU T'ES RENDU COMPTE DE RIEN, PEUT-ÊTRE ?
BEN NON ! SINCÈREMENT, JE SAIS PAS CE QUE CETTE DROGUE FAIT DANS MON CUL !

ON A DÛ ME LA METTRE À MON INSU !
MAIS COMMENT C'EST POSSIBLE ?
101 accueil
102 salle d'attent
MAIS J'EN SAIS RIEN ! JUSTEMENT, JE CHERCHE !
WAHAHAHAHAHA HAHA
BON, ÇA VA, C'EST MOI ! VOUS ÊTES CONTENTS ?
BON, QU'EST-CE QUE JE RISQUE ?
VU QUE T'ES EN BELGIQUE, VU LA QUANTITÉ, DIX ANS DE TAULE.
DOUANE
À MOINS QUE TU NOUS DONNES L'EXPÉDITEUR ET LE DESTINATAIRE.
NON MERCI... JE TIENS PAS À FINIR AU FOND D'UN CANAL.
TRÈS BIEN ! ALLEZ, ON T'EMMÈNE À LA BRIGADE DES STUPS. ILS VONT S'OCCUPER DE TOI.
PLUS TARD...
... L'IDÉAL, CE SERAIT DE COUVRIR CE SECTEUR-LÀ, PARCE QUE D'APRÈS LA D.N.O.D., IL Y A BEAUCOUP DE PASSAGES DE NUIT.
MON GARS S'EST FAIT SERRER À CAUSE DE VOUS ! ET C'EST VOUS QUI M'AVEZ INDIQUÉ CETTE PUTAIN DE ROUTE !
FAUT VRAIMENT QUE TU FOIRES TOUT, TOI, HEIN !
MAIS C'EST PAS DE MA FAUTE S'ILS ONT CHANGÉ D'AVIS !
BON, ÉCOUTEZ-MOI ! ILS SONT PLUSIEURS AUTOUR DE LA CARTE, VOUS Y ALLEZ, ET VOUS MÉMORISEZ TOUT CE QUE VOUS POUVEZ...
... C'EST CLAIR ?

AH, QUAND MÊME !
J'AI... J'AI ÉTÉ RETENU EN CUISINE.
HÉ !
TU PEUX RETIRER TES ASSIETTES QUE JE PUISSE REPLIER MA CARTE, S'IL TE PLAÎT ?
OH PARDON, EXCUSE-MOI !
JE... TU VEUX QUE JE TE LA NETTOIE ?
NON, ÇA IRA, MERCI.
ET LE SOIR...
OH VINDIEU ! BINGO !
ALLEZ, CELUI-LÀ ON SE LE CHOPE !
ALLEZ, APPROCHE !
?
STOP ! FREEEZE !
IL VA PAS S'ARRÊTER !
VWRROO
PAW
AAAAH !

ÇA VA ?
MERCI.
DE RIEN. T'AURAIS FAIT PAREIL POUR MOI.
JE CROIS PAS, NON.
PEU APRÈS...
NO MAN'S LAND
BAR
CHIMAY
RESTAURANT
MAIS QU'EST-CE QUE TU FAIS LÀ ?
J'AI FAILLI TUER VANDEVOORDE !
QUOI ?! T'ES TOMBÉ SUR LUI ?
JE SUIS UN POISSARD ! J'ARRÊTE. C'EST TROP RISQUÉ. C'ÉTAIT MON DERNIER VOYAGE !
MAIS ATTENDS ! REGARDE CE QUE M'A DONNÉ DUVAL !
ON NE DOIT PAS ARRÊTER ! LA CHANCE, ELLE PASSE PAS DEUX FOIS, HEIN ! ET LÀ, ON A L'OCCASION DE GAGNER BEAUCOUP, BEAUCOUP D'ARGENT !

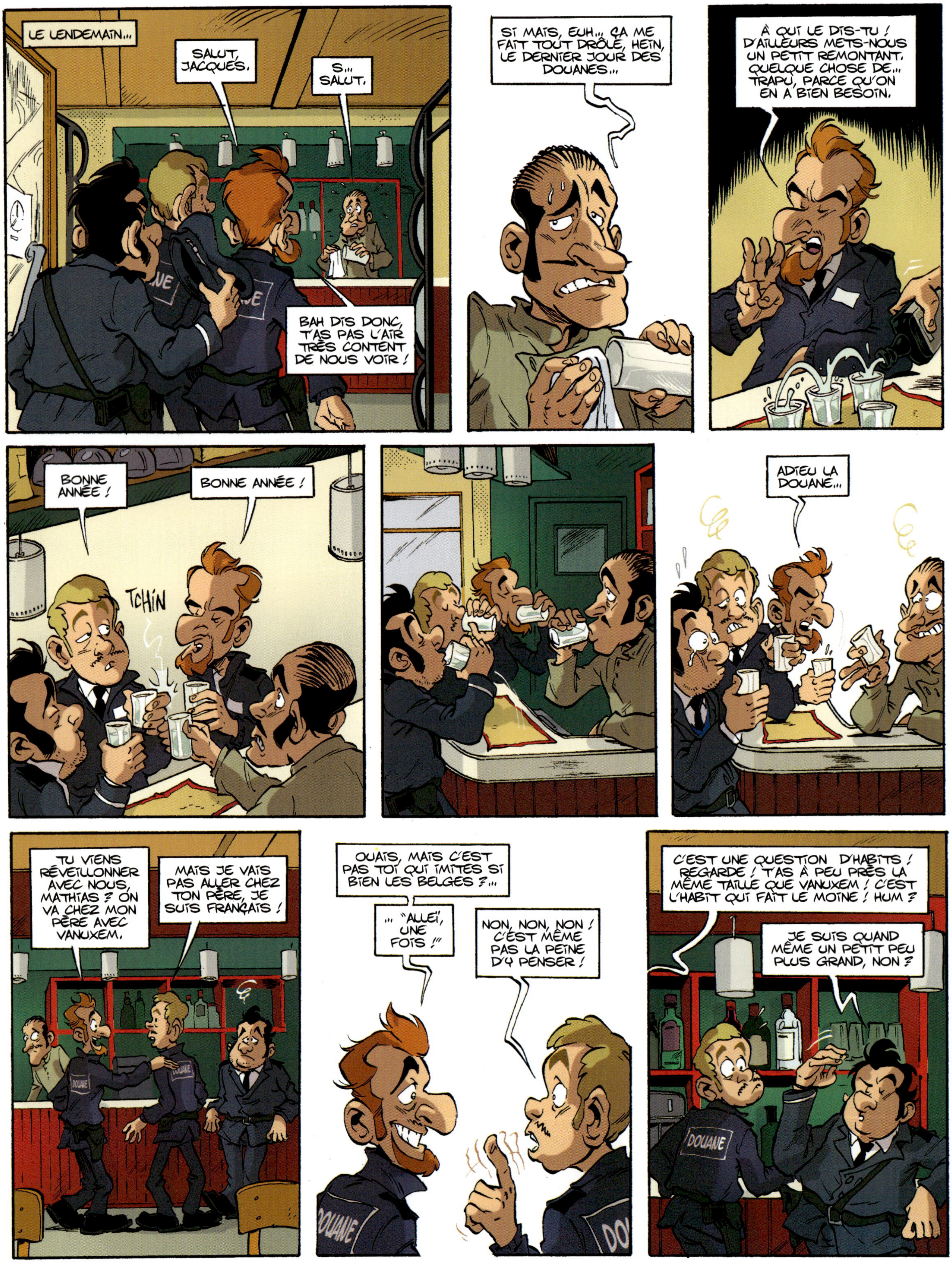
LE LENDEMAIN...
SALUT, JACQUES.
S... SALUT.
BAH DIS DONC, T'AS PAS L'AIR TRÈS CONTENT DE NOUS VOIR !
SI MAIS, EUH... ÇA ME FAIT TOUT DRÔLE, HEIN, LE DERNIER JOUR DES DOUANES...
À QUI LE DIS-TU ! D'AILLEURS METS-NOUS UN PETIT REMONTANT. QUELQUE CHOSE DE... TRAPU, PARCE QU'ON EN A BIEN BESOIN.
BONNE ANNÉE !
BONNE ANNÉE !
TCHIN
ADIEU LA DOUANE...
TU VIENS RÉVEILLONNER AVEC NOUS, MATHIAS ? ON VA CHEZ MON PÈRE AVEC VANUXEM.
MAIS JE VAIS PAS ALLER CHEZ TON PÈRE, JE SUIS FRANÇAIS !
DOUANE
OUAIS, MAIS C'EST PAS TOI QUI IMITES SI BIEN LES BELGES ?...
... "ALLEI", UNE FOIS !"
NON, NON, NON ! C'EST MÊME PAS LA PEINE D'Y PENSER !
C'EST UNE QUESTION D'HABITS ! REGARDE ! T'AS À PEU PRÈS LA MÊME TAILLE QUE VANUXEM ! C'EST L'HABIT QUI FAIT LE MOINE ! HUM ?
JE SUIS QUAND MÊME UN PETIT PEU PLUS GRAND, NON ?

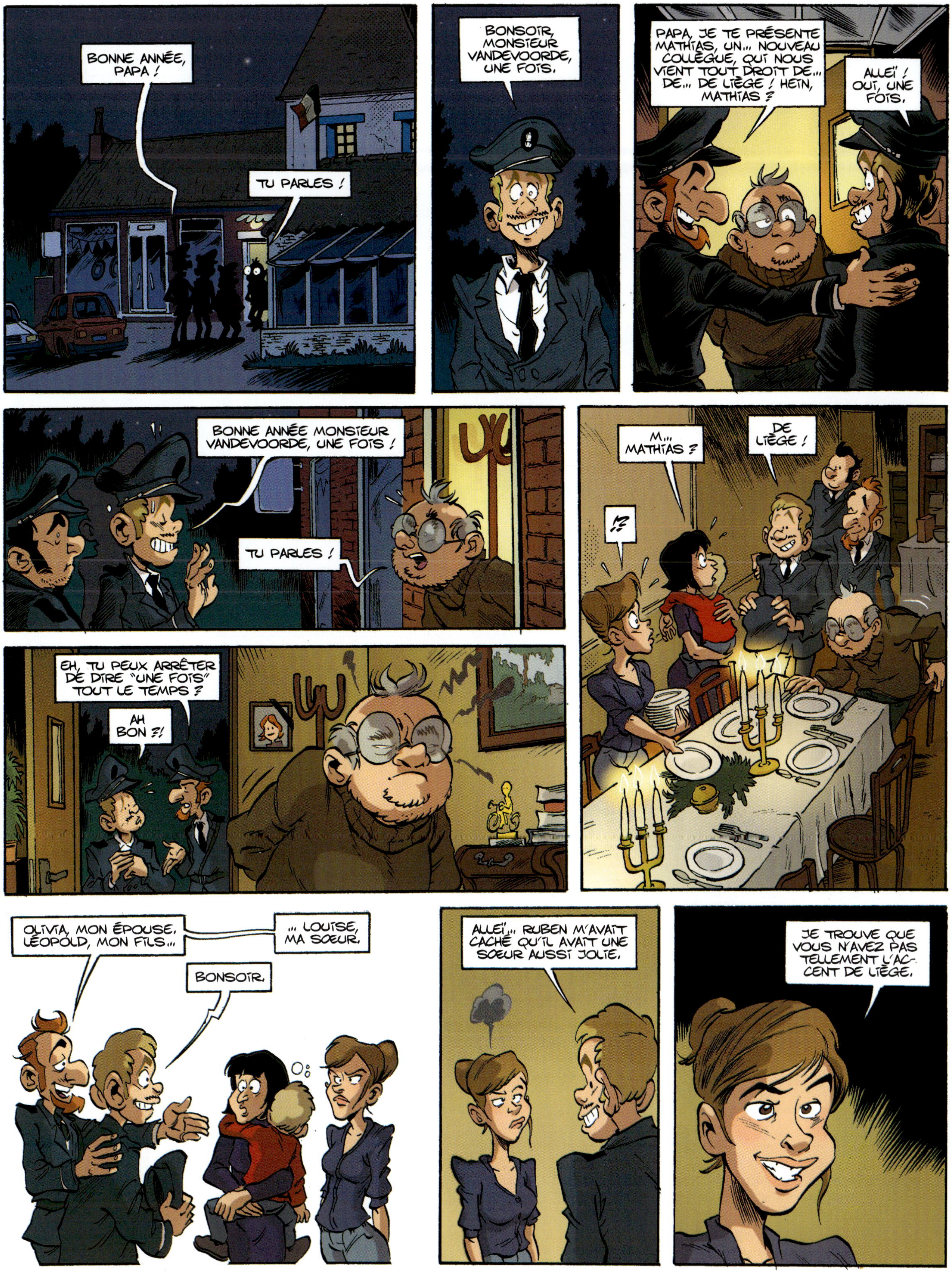

BONNE ANNÉE, PAPA !
TU PARLES !
BONSOIR, MONSIEUR VANDEVOORDE, UNE FOIS.
PAPA, JE TE PRÉSENTE MATHIAS, UN... NOUVEAU COLLÈGUE, QUI NOUS VIENT TOUT DROIT DE... DE... DE LIÈGE ! HEIN, MATHIAS ?
ALLEI ! OUI, UNE FOIS.
BONNE ANNÉE MONSIEUR VANDEVOORDE, UNE FOIS !
TU PARLES !
EH, TU PEUX ARRÊTER DE DIRE "UNE FOIS" TOUT LE TEMPS ?
AH BON ?!
M... MATHIAS ?
DE LIÈGE !
!?
OLIVIA, MON ÉPOUSE. LÉOPOLD, MON FILS...
... LOUISE, MA SOEUR.
BONSOIR.
ALLEI... RUBEN M'AVAIT CACHÉ QU'IL AVAIT UNE SOEUR AUSSI JOLIE.
JE TROUVE QUE VOUS N'AVEZ PAS TELLEMENT L'ACCENT DE LIÈGE.

MA SOEUR EST TRÈS JOLIE, MAIS... UN PEU REBELLE.
C'EST PARCE QUE JE SUIS NÉ À BRUXELLES, UNE FOIS.
VOUS N'AVEZ PAS L'ACCENT DE BRUXELLES NON PLUS.
MES PARENTS VOYAGEAIENT BEAUCOUP, ALLEI, QUAND J'ÉTAIS PETIT.
ET OÙ ÇA QU'ILS VOYAGEAIENT BEAUCOUP, VOS PARENTS ?
TU PEUX ARRÊTER DE L'EMMERDER, LÀ ?
FAUT EXCUSER MA FILLE. ELLE A UN PETIT SOUCI AVEC LES HOMMES. ELLE EST GOUINE.
PAPA !
POURQUOI EST-CE QUE TU AS UN SOUCI AVEC LES HOMMES ? APRÈS TOUT, ILS NE T'ONT RIEN FAIT, HEIN !
C'EST PEUT-ÊTRE ÇA, LE SOUCI. C'EST QUE LES HOMMES LUI ONT RIEN FAIT ! HA, HA, HA !
HA, HA, HA !
CE QUE TU PEUX ÊTRE CON, TOI, QUAND TU T'Y METS !
À LA FIN DU REPAS...
ÇA VA ?
MAIS T'ES COMPLÈTEMENT MALADE DE VENIR CHEZ MON PÈRE, HABILLÉ COMME ÇA EN PLUS !
ON PEUT TOUT RECOMMENCER À ZÉRO, LOUISE.
NE DIS PAS N'IMPORTE QUOI !
ON RETOMBE AMOUREUX L'UN DE L'AUTRE AVEC TA FAMILLE COMME TÉMOIN. ILS VONT M'ACCEPTER, J'EN SUIS SÛR.
IL VEUT UN DIGESTIF, LE LIÉGEOIS ?
OUI, OUI, ALLEI ! UN DIGESTIF ! VOLONTIERS, UNE FOIS !
ET PUIS C'EST QUOI, CET ACCENT DÉBILE ?
BAH, C'EST L'ACCENT BELGE, NON ?

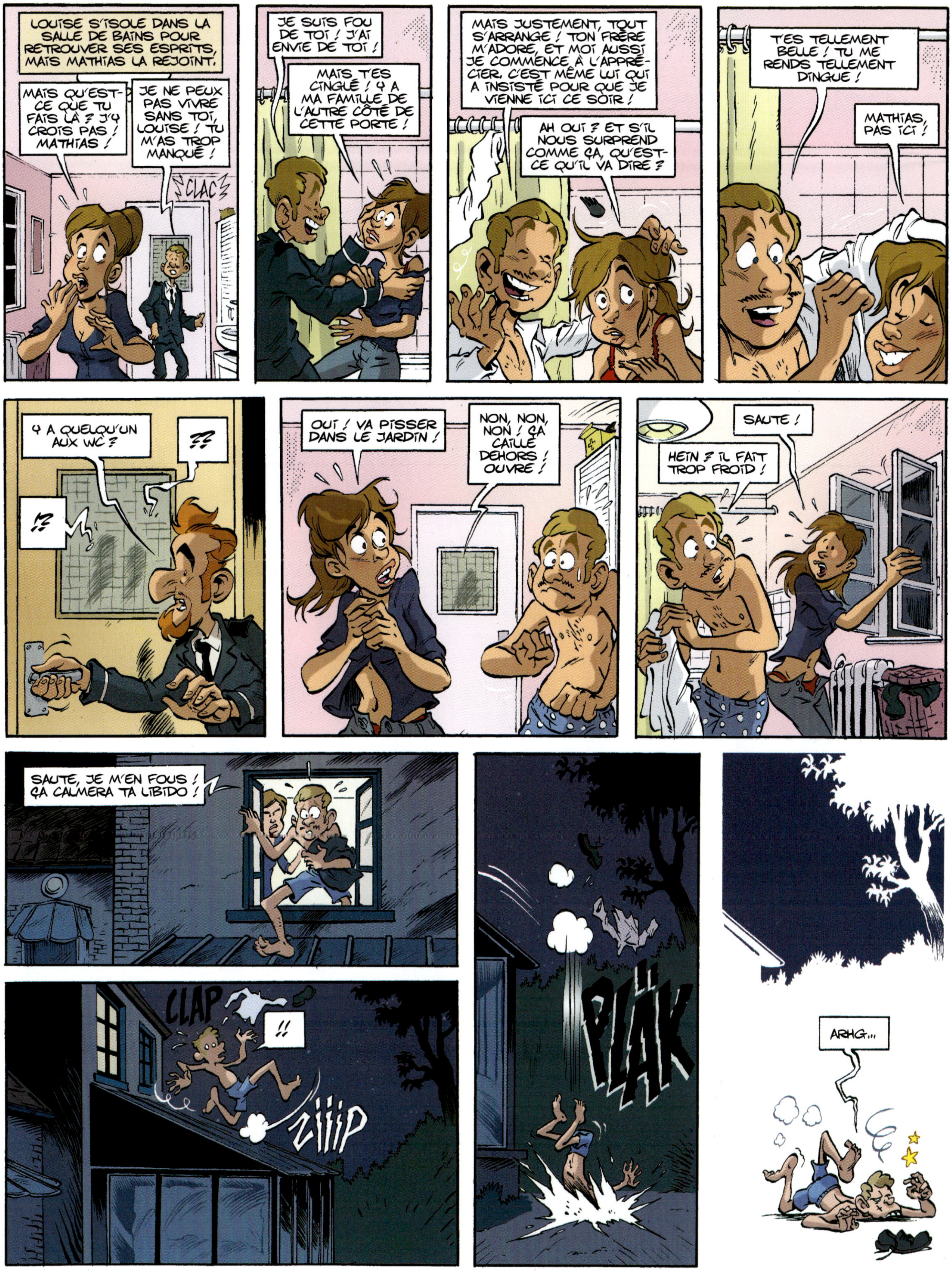

LOUISE S'ISOLE DANS LA SALLE DE BAINS POUR RETROUVER SES ESPRITS, MAIS MATHIAS LA REJOINT.
MAIS QU'EST-CE QUE TU FAIS LÀ ?! J'Y CROIS PAS ! MATHIAS !
JE NE PEUX PAS VIVRE SANS TOI, LOUISE ! TU M'AS TROP MANQUÉ !
CLAC
JE SUIS FOU DE TOI ! J'AI ENVIE DE TOI !
MAIS T'ES CINGLÉ ! Y A MA FAMILLE DE L'AUTRE CÔTÉ DE CETTE PORTE !
MAIS JUSTEMENT, TOUT S'ARRANGE ! TON FRÈRE M'ADORE, ET MOI AUSSI JE COMMENCE À L'APPRÉCIER. C'EST MÊME LUI QUI A INSISTÉ POUR QUE JE VIENNE ICI CE SOIR !
AH OUI ?! ET S'IL NOUS SURPREND COMME ÇA, QU'EST-CE QU'IL VA DIRE ?
T'ES TELLEMENT BELLE ! TU ME RENDS TELLEMENT DINGUE !
MATHIAS, PAS ICI !
Y A QUELQU'UN AUX WC ?
??
!?
OUI ! VA PISSER DANS LE JARDIN !
NON, NON, NON ! ÇA CAILLE DEHORS ! OUVRE !
SAUTE !
HEIN ?! IL FAIT TROP FROID !
SAUTE, JE M'EN FOUS ! ÇA CALMERA TA LIBIDO !
CLAP
!!
ZIIIP
PLAK
ARHG...

BEN D'OÙ C'EST QU'IL SORT LÀ, LE LIÉGEOIS ?
J'ÉTAIS DEHORS À GUETTER LE FEU D'ARTIFICE, MONSIEUR VANDEVOORDE.
MAIS C'EST À MINUIT !
ALLEI ? ÇA NE SAURAIT TARDER ALORS, UNE FOIS !
?
UN PEU PLUS TARD, APRÈS AVOIR DÉPOSÉ OLIVIA ET LÉOPOLD...
POURQUOI TU T'ARRÊTES ICI ?
MATHIAS... J'AI UN SERVICE À TE DEMANDER.
MALGRÉ SON CARACTÈRE MOUVEMENTÉ, LE RÉVEILLON S'ACHÈVE DANS LA BONNE HUMEUR.
MERCI ENCORE, ET BONNE ANNÉE !
TU PARLES !
BONSOIR, MON PÈRE. JE VOUS PRÉSENTE MON AMI MATHIAS. IL EST FRANÇAIS.
BONSOIR, MON PÈRE.
BONSOIR, MON FILS.
VOUS VOUS RENDEZ COMPTE ? JE SUIS AMI AVEC UN FRANÇAIS, MOI. C'EST FORMIDABLE, NON ? POUR APRÈS... LA DOUANE DU PARADIS...
OUI, ON EST... ON EST AMIS, HEIN ?
UN FRANÇAIS DE FRANCE !
RUBEN, ÉPROUVER DE L'AMITIÉ POUR UN ENFANT DE DIEU, QUEL QU'IL SOIT, N'A RIEN D'EXCEPTIONNEL. ET SI TU LE FAIS DANS LE BUT D'OBTENIR QUELQUE CHOSE DU SEIGNEUR, C'EST MAL.
AH, PAS DU TOUT ! JE NE... JE NE LE SAVAIS PAS AVANT ! J'AVAIS PAS D'ARRIÈRE-PENSÉES ! C'EST JUSTE UNE BELLE AMITIÉ...
EN REVANCHE, MOI ÇA... ÇA N'EST PAS SANS ARRIÈRE-PENSÉE. ET JE SAIS QUE TU SAURAS ENTENDRE CE QUE J'AI À T'AVOUER, MON AMI. JE... VOILÀ, JE ME SUIS RAPPROCHÉ DE TOI PARCE QUE J'AIME TA SOEUR, ET JE... JE VOUDRAIS L'ÉPOUSER.
?!
TU NE L'AS VUE QU'UNE SEULE FOIS !
NON, NON, NON, NON, NON... ON EST ENSEMBLE DEPUIS PLUS D'UN AN, EN SECRET !

NOM DE DIEU ! TU TE TAPES MA SOEUR DEPUIS UN AN, PETIT ENCULÉ !
VANDEVOORDE !
OUI ?
SURVEILLE TON LANGAGE, TU ES DANS LA MAISON DU SEIGNEUR !
JE VAIS T'ÉCLATER TA GUEULE, SALE PETIT FROUZE DE MERDE ! SALE PETIT MENTEUR !
RUBEN ! CALME-TOI OU TU IRAS DROIT EN ENFER !
J'EN AI RIEN À FOUTRE DE L'ENFER !! JE VAIS LE CRAMER, CE FUMIER DE FROUZE !!!
FREEEEZE !
PAW
RUBEN, NON ! PENSE À TA SOEUR QUI M'AIME...
PAW
MATHIAS, HORS D'HALEINE, TROUVE REFUGE CHEZ LOUISE...
QU'EST-CE QUI SE PASSE ?!
J'AI TOUT DIT À TON FRÈRE, IL EST DEVENU DINGUE !
HHHAAA !
VAS-Y, TIRE ! TUE-MOI DEVANT TA SOEUR, VAS-Y !
NOOON ! T'AS QU'À NOUS TUER TOUS LES DEUX, TIENS !
... TU SAIS POURQUOI ON N'EST PLUS ENSEMBLE, MATHIAS ET MOI ?
PARCE QU'À CHAQUE FOIS QUE JE ME RÉVEILLAIS LE MATIN DANS SES BRAS, LA PREMIÈRE CHOSE QUI ME VENAIT À L'ESPRIT, C'EST COMMENT JE VAIS FAIRE POUR ÉVITER LE DRAME AVEC MA FAMILLE !
PARCE QUE JE SUIS TROP MALHEUREUSE DEPUIS QUE JE NE SUIS PLUS AVEC CE "SALE FROUZE", COMME TU DIS...
BOUGE !

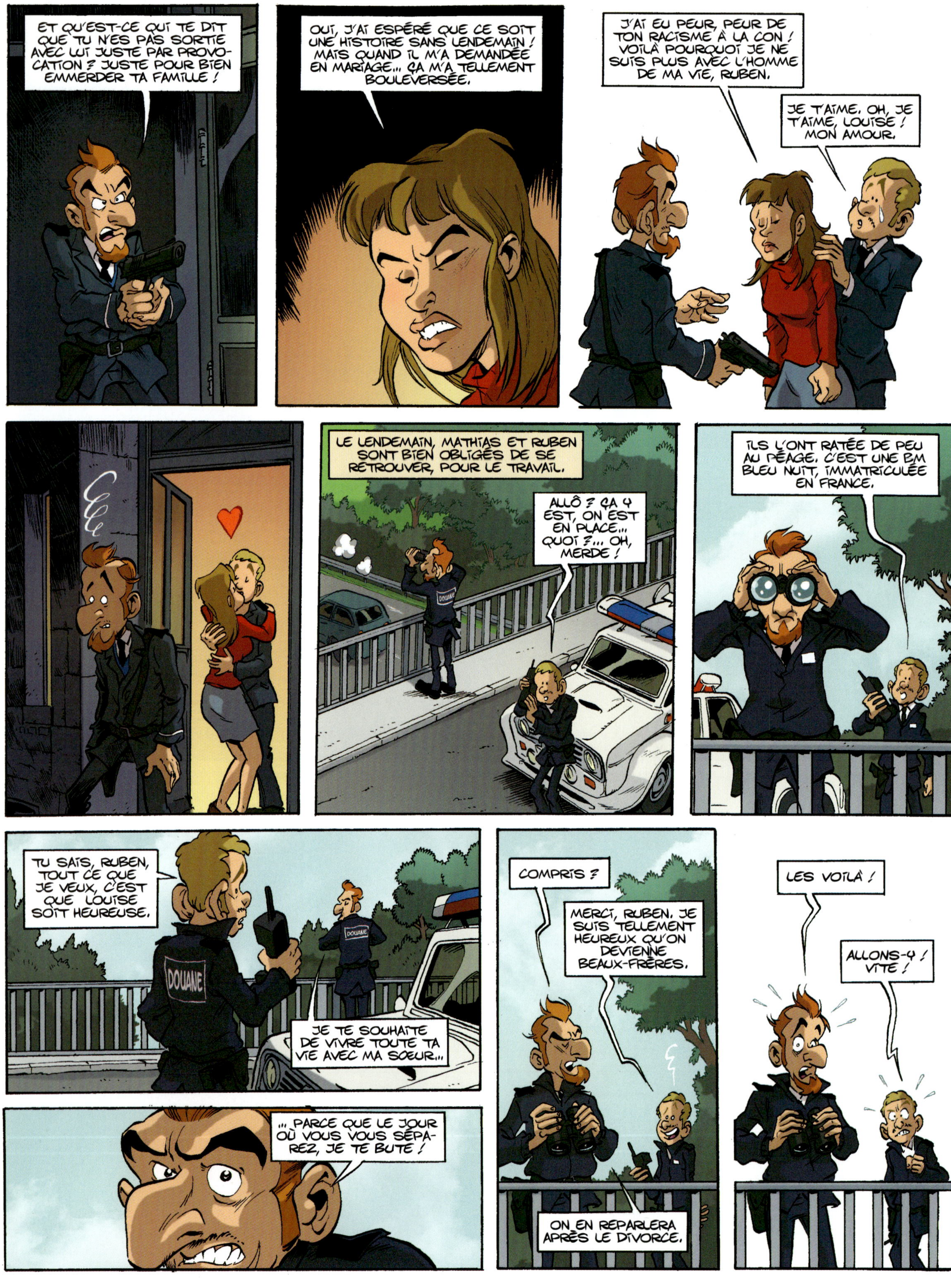
ET QU'EST-CE QUI TE DIT QUE TU N'ES PAS SORTIE AVEC LUI JUSTE PAR PROVOCATION ? JUSTE POUR BIEN EMMERDER TA FAMILLE !
OUI, J'AI ESPÉRÉ QUE CE SOIT UNE HISTOIRE SANS LENDEMAIN ! MAIS QUAND IL M'A DEMANDÉE EN MARIAGE... ÇA M'A TELLEMENT BOULEVERSÉE.
J'AI EU PEUR, PEUR DE TON RACISME À LA CON ! VOILÀ POURQUOI JE NE SUIS PLUS AVEC L'HOMME DE MA VIE, RUBEN.
JE T'AIME. OH, JE T'AIME, LOUISE ! MON AMOUR.
LE LENDEMAIN, MATHIAS ET RUBEN SONT BIEN OBLIGÉS DE SE RETROUVER, POUR LE TRAVAIL.
ALLÔ ? ÇA Y EST, ON EST EN PLACE... QUOI ?... OH, MERDE !
DOUANE
ILS L'ONT RATÉE DE PEU AU PÉAGE. C'EST UNE BM BLEU NUIT, IMMATRICULÉE EN FRANCE.
TU SAIS, RUBEN, TOUT CE QUE JE VEUX, C'EST QUE LOUISE SOIT HEUREUSE.
DOUANE
DOUANE
JE TE SOUHAITE DE VIVRE TOUTE TA VIE AVEC MA SOEUR...
... PARCE QUE LE JOUR OÙ VOUS VOUS SÉPAREZ, JE TE BUTE !
COMPRIS ?
MERCI, RUBEN. JE SUIS TELLEMENT HEUREUX QU'ON DEVIENNE BEAUX-FRÈRES.
ON EN REPARLERA APRÈS LE DIVORCE.
LES VOILÀ !
ALLONS-Y ! VITE !

?
VROOOO
!!
SCRIIII
!?!
VROOOO
NON, SORS PAS ! C'EST TROP DANGEREUX, RUBEN !
BALANG
POK
SCRIIII
TOING
!!
PSCHIIII
?

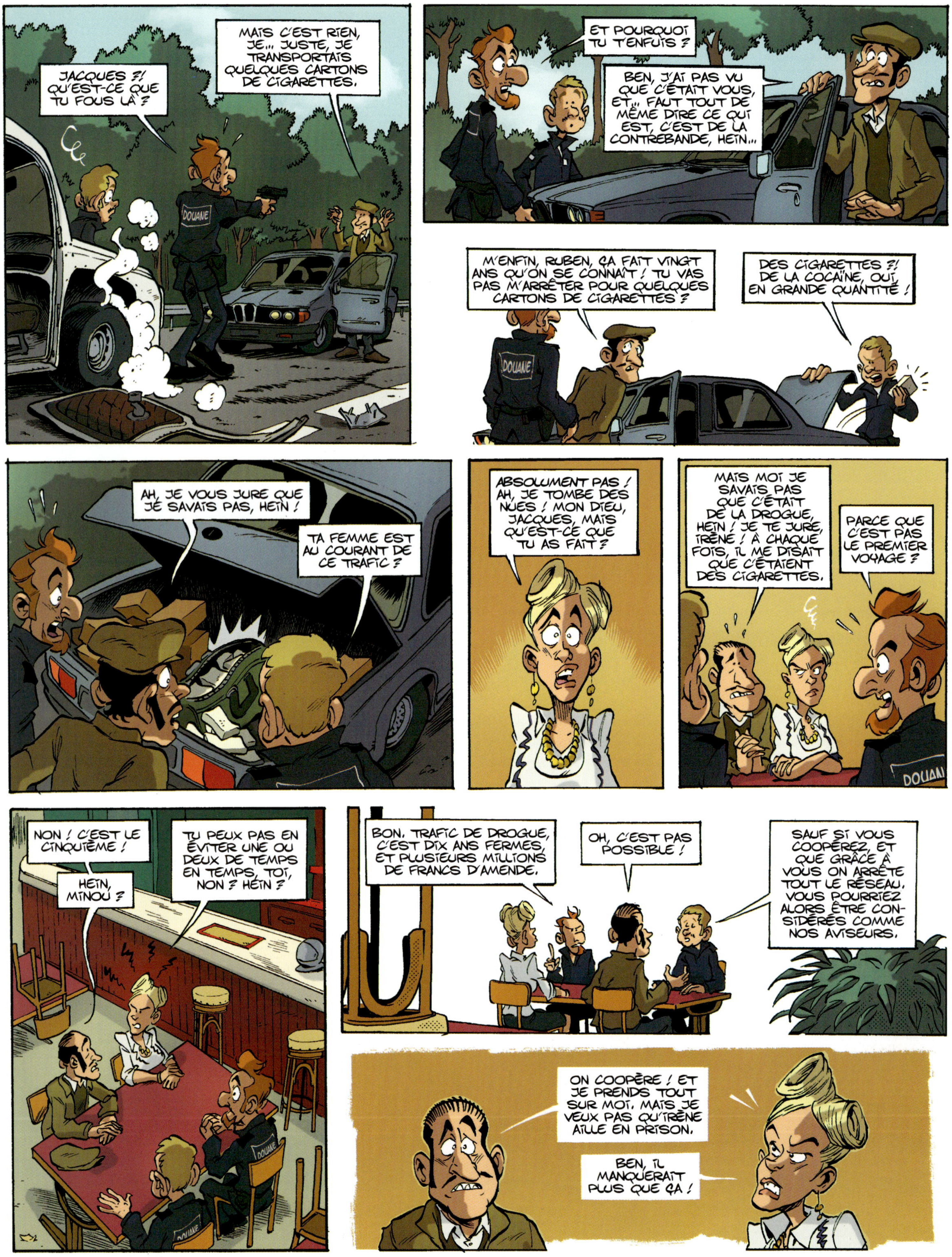
JACQUES ?! QU'EST-CE QUE TU FOUS LÀ ?
MAIS C'EST RIEN, JE... JUSTE, JE TRANSPORTAIS QUELQUES CARTONS DE CIGARETTES.
ET POURQUOI TU T'ENFUIS ?
BEN, J'AI PAS VU QUE C'ÉTAIT VOUS, ET... FAUT TOUT DE MÊME DIRE CE QUI EST, C'EST DE LA CONTREBANDE, HEIN...
M'ENFIN, RUBEN, ÇA FAIT VINGT ANS QU'ON SE CONNAÎT ! TU VAS PAS M'ARRÊTER POUR QUELQUES CARTONS DE CIGARETTES ?
DES CIGARETTES ?! DE LA COCAÏNE, OUI, EN GRANDE QUANTITÉ !
DOUANE
AH, JE VOUS JURE QUE JE SAVAIS PAS, HEIN !
TA FEMME EST AU COURANT DE CE TRAFIC ?
ABSOLUMENT PAS ! AH, JE TOMBE DES NUES ! MON DIEU, JACQUES, MAIS QU'EST-CE QUE TU AS FAIT ?
MAIS MOI JE SAVAIS PAS QUE C'ÉTAIT DE LA DROGUE, HEIN ! JE TE JURE, IRÈNE ! À CHAQUE FOIS, IL ME DISAIT QUE C'ÉTAIENT DES CIGARETTES.
PARCE QUE C'EST PAS LE PREMIER VOYAGE ?
NON ! C'EST LE CINQUIÈME !
HEIN, MINOU ?
TU PEUX PAS EN ÉVITER UNE OU DEUX DE TEMPS EN TEMPS, TOI, NON ? HEIN ?
BON. TRAFIC DE DROGUE, C'EST DIX ANS FERMES, ET PLUSIEURS MILLIONS DE FRANCS D'AMENDE.
OH, C'EST PAS POSSIBLE !
SAUF SI VOUS COOPÉREZ, ET QUE GRÂCE À VOUS ON ARRÊTE TOUT LE RÉSEAU, VOUS POURRIEZ ALORS ÊTRE CONSIDÉRÉS COMME NOS AVISEURS.
ON COOPÈRE ! ET JE PRENDS TOUT SUR MOI. MAIS JE VEUX PAS QU'IRÈNE AILLE EN PRISON.
BEN, IL MANQUERAIT PLUS QUE ÇA !

JACQUES SE REND DONC À L'ENDROIT CONVENU POUR LIVRER NORMALEMENT LA MARCHANDISE À DUVAL...
ALORS ? ÇA S'EST BIEN PASSÉ ?
OUAIS, GÉNIAL ! EUH, QUE DU BONHEUR, HEIN ! R.A.S... EUH... SUPER !
ET ÇA ? QU'EST-CE QUE C'EST QUE ÇA ?
AH, BEN ÇA, C'EST EUH... RIEN DE TERRIBLE. J'AI ÉTÉ VICTIME D'UN LÉGER ACCROCHAGE SUR L'AUTOROUTE... MAIS J'AI RÉUSSI À PRENDRE LA FUITE, HEIN... ET RASSUREZ-VOUS, MONSIEUR DUVAL, L'ENTIÈRETÉ DE LA DROGUE SE TROUVE DANS LE COFFRE...
ET COMMENT TU SAIS QUE C'EST DE LA DROGUE, TOI ?
NON ! JE... JE VOULAIS DIRE... EUH : "CIGARETTES". MAIS, FAUT AUSSI DIRE QUE... QUAND MÊME, Y A UNE SACRÉE ATMOSPHÈRE DE... TRAFIC DE DROGUE, ICI... DONC, J'AI EU CE PETIT... LAPSUS MALHEUREUX.
SCRAT
FUMIER, VA !
PAW
...
BLANG
?
LES MAINS EN L'AIR !
ON NE BOUGE PLUS ! ON NE BOUGE PLUS !
FREEZE ! FREEZE !

LES TRAFIQUANTS SONT RAPIDEMENT MAÎTRISÉS.
JACQUES !
JACQUES, ÇA VA ?
NON, PAS TROP...
PLUS TARD...
À LA RÉUSSITE DE LA PREMIÈRE BRIGADE VOLANTE FRANCO-BELGE !
OUAIS !!
NO MAN'S LAND
BAR
HOP HOP HOP HOP HOP !...
... BELGO-FRANÇAISE !
HAHA HAHA
HA
HAHA HA
ALORS DITES-MOI, VOUS AVEZ COMMENCÉ QUAND À TRAVAILLER POUR NOUS EN SOUS-MARIN ?
OUH ! Y A LONGTEMPS, MON CHER MONSIEUR. DEPUIS LE DÉBUT.
JE VAIS TOUT VOUS RACONTER. C'EST PAS COMPLIQUÉ.
NON ! JACQUES, NON... C'EST PAS LE MOMENT !
QUAND ILS M'ONT CONTACTÉ, DANS UN PREMIER TEMPS...
NON, JACQUES ! FAISONS LA FÊTE !
L'UN N'EMPÊCHE PAS L'AUTRE... DONC, QUAND ILS M'ONT CONTACTÉ, Y A... VOICI 4 ANS...
ENFIN, FRANCHE-MENT ! JACQUES !
CINQ MINUTES PLUS TARD...
NO MAN'S LAND
CE QUE T'ES CON ! MAIS CE QUE T'ES CON !
T'ES LE ROI DES CONS !
OH, CE QU'IL EST CON, CELUI-LÀ ! QU'EST-CE QU'IL EST CON !

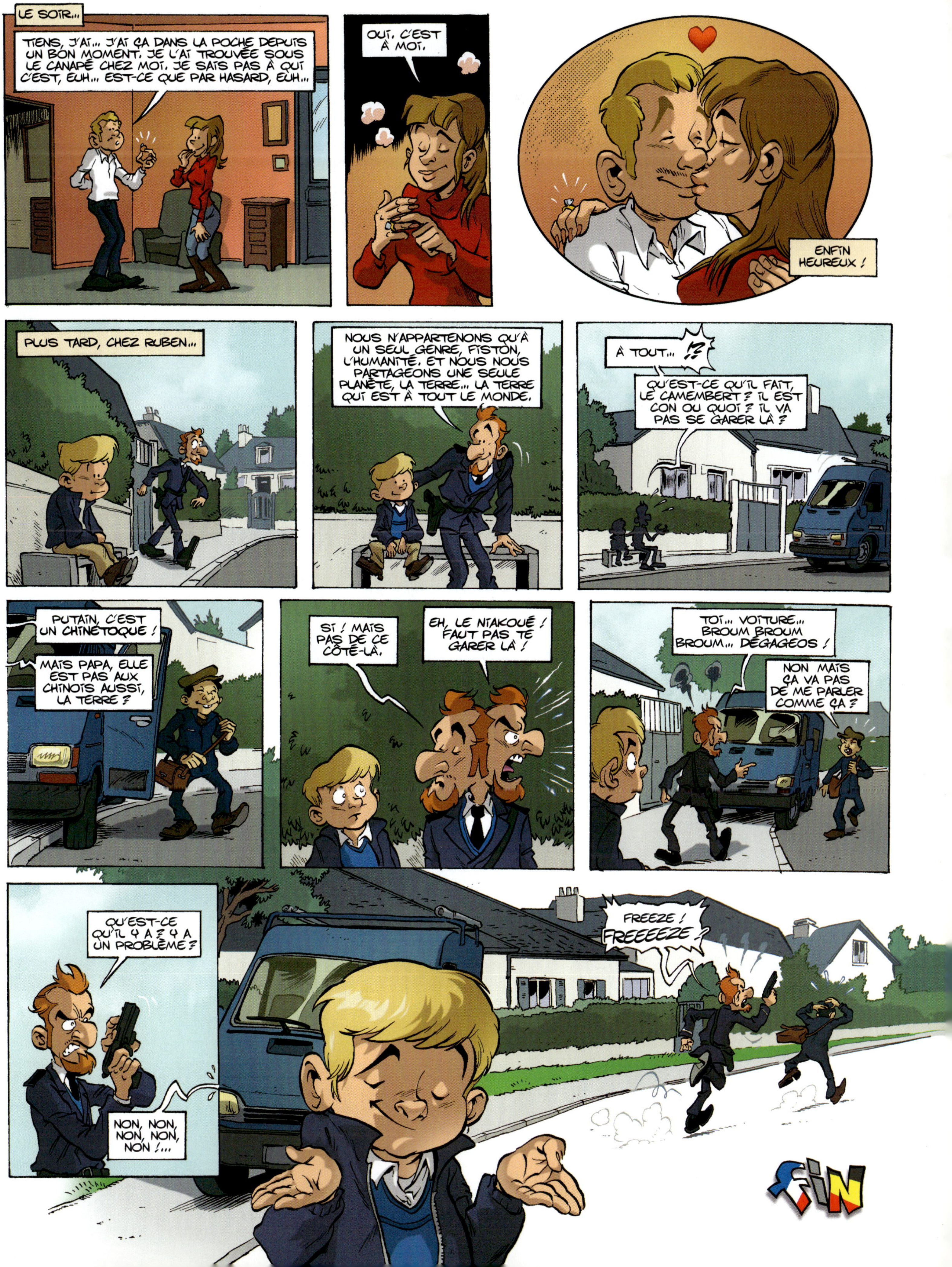
LE SOIR...
TIENS, J'AI... J'AI ÇA DANS LA POCHE DEPUIS UN BON MOMENT. JE L'AI TROUVÉE SOUS LE CANAPÉ CHEZ MOI. JE SAIS PAS À QUI C'EST, EUH... EST-CE QUE PAR HASARD, EUH...
OUI, C'EST À MOI.
ENFIN HEUREUX !
PLUS TARD, CHEZ RUBEN...
NOUS N'APPARTENONS QU'À UN SEUL GENRE, FISTON, L'HUMANITÉ. ET NOUS NOUS PARTAGEONS UNE SEULE PLANÈTE, LA TERRE... LA TERRE QUI EST À TOUT LE MONDE.
À TOUT... !?
QU'EST-CE QU'IL FAIT, LE CAMEMBERT ? IL EST CON OU QUOI ? IL VA PAS SE GARER LÀ ?
PUTAIN, C'EST UN CHINETOQUE !
MAIS PAPA, ELLE EST PAS AUX CHINOIS AUSSI, LA TERRE ?
SI ! MAIS PAS DE CE CÔTÉ-LÀ.
EH, LE NIAKOUÉ ! FAUT PAS TE GARER LÀ !
TOI... VOITURE... BROUM BROUM BROUM... DÉGAGEOS !
NON MAIS ÇA VA PAS DE ME PARLER COMME ÇA ?
QU'EST-CE QU'IL Y A ? Y A UN PROBLÈME ?
NON, NON, NON, NON, NON !...
FREEZE ! FREEEEZE !
FIN

CHEZ LE MÊME ÉDITEUR

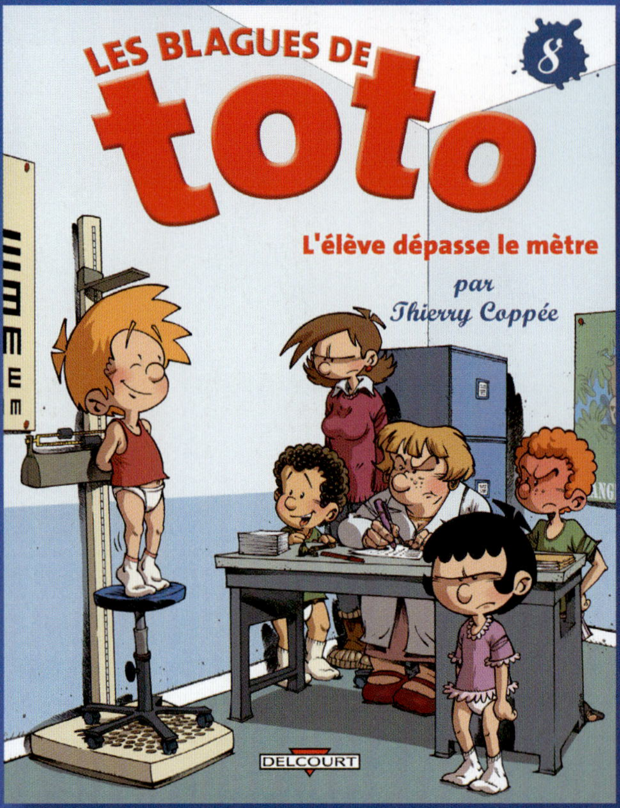

HUIT TOMES PARUS

QUATRE TOMES PARUS

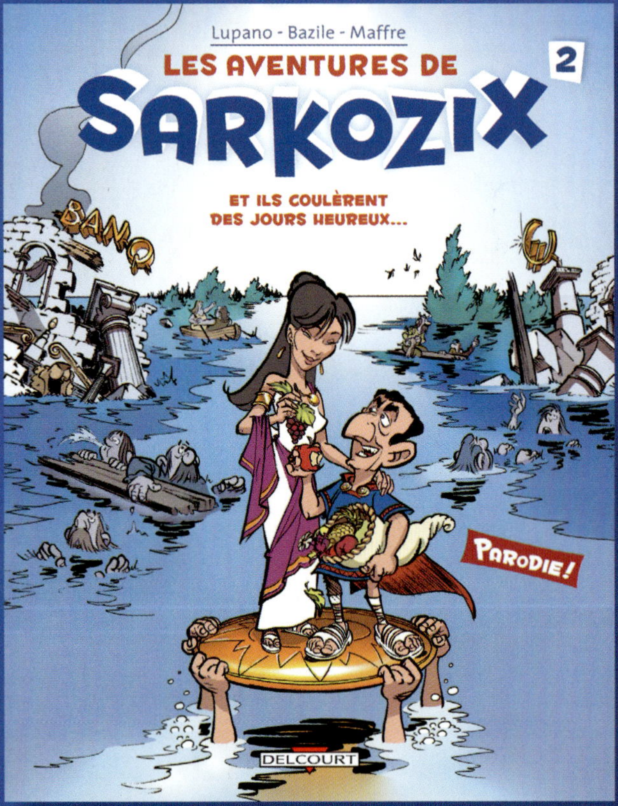

DEUX TOMES PARUS

RESTAU
MAN'S
LAND
RANT